イタリア暮らし　内田洋子

集英社インターナショナル

YOKO UCHIDA VITA ALL'ITALIANA

イタリア暮らし

内田洋子

第1章

海の向こうで見つけたもの

第2章 独りにつき添うラジオ

第3章

思いもかけないヴェネツィアが

装幀　中川真吾

第1章

海の向こうで見つけたもの

海の向こうで見つけたもの

神戸で生まれ、須磨《すま》海岸に通って育った。

毎日欠かさず幼い私を海へ連れていってくれたのは、祖父だった。造船会社に勤めた祖父はクリスチャンだったが、戦争を経て、沈思し、棄教した。

「神戸の海と山の神様のところに戻りたくなったからだよ」

瀬戸内海を前に、よく独り言のように祖父は繰り返していた。

神戸には港を介して異国のさまざまが隅々まで浸透していたけれど、分け隔てされずに日本の風習ともうまく融和し、西洋でも東洋でもない独特の気配があった。暮らし方にも心もちにも境がなく、自分にも人にも自由な町だった。後に他の土地に移り住んで初めて、瀬戸内海を見て過ごした幼少期がどれほど貴重なものだったのかを知った。

私の名を付けたのは、その祖父だった。太平洋の洋。海の子。

「海を越えて、広い世界を見てきなさいよ」

南フランスへと続く、イタリアの西の端の漁村に暮らしたことがある。

かつてその海沿いの道を都ローマに向けて、オリーブオイルや塩、ワインが運ばれていき、代わりに各地から狼藉者《ろうぜきもの》たちが、隣国との境であるイタリア半島最西端へと送られてきた。

そういうイタリアの悲喜こもごもが往来した道を眼下に、六年間暮らした。

家は、もともとは道のない山の急斜面に建っていた。長年、斜面で花とオリーブを育ててきた家主が登っては下りて、やがて獣道のようなものができた。そこを私も通ったのである。

家へ帰るときは、車のギアを1速のままで道なき道を駆け上った。油断すれば、石や木の根にハンドルを取られてそのまま海へ転がり落ちてしまう。毎度、麓で気合いを入れて一気に坂を上った。そうしてでも住み続けたのは、下りるときの爽快感が唯一無二だったからである。車が坂を下り始めると、ギアをニュートラルに入れる。右へ左へ。カーブを切るごとに海原とオリーブや松の木が交互に目前へ迫り、潮風と松脂《まつやに》の匂いが窓から流れ込んでくる。空いっぱいの太陽は海面に反射して煌《きらめ》き、海風に木陰は緑色に揺れ、枝の合間からはカモメが大きく羽を広げて飛んでいくのが見える。潮騒の彼方に、汽笛の音が伸びる。

人里離れた家へ坂を上って帰るたびに、海と山とに〈おかえり〉と抱かれるようだった。

背後に山、目前に瀬戸内海を見る神戸に戻るような気がした。海を越えてからのほうが、日本で過ごした時間よりも長くなった。厳しい上り坂に差しかかるといつも、「広い世界を見てきなさいよ」と、海と山に戻った祖父の声が聞こえてくる。

（『せとうち暮らし』二〇一六年七月）

海

ミラノに住むことになったとき、家を探すのなら町の南部に、と決めていた。内陸部にあるミラノには、海がない。町の南に、ポルタ・ジェノバと呼ばれる地区がある。イタリア最大の商業港がある町の名前が付いているのは、そこから南下していくとジェノバへ着くからだ。ミラノはいつも忙しい。誰よりも早く先へ、と皆、競っている。あちこちが渋滞し、郊外へ出るにもまず町を横切るところからひと苦労だ。ところがこのポルタ・ジェノバ地区からだと、二筋も通りを抜ければ南へ向かう高速道路の入り口に出る。ミラノで一番、海に近い場所なのだ。

雨天続きのミラノにいると、気分が沈むこともある。そういうとき、〈ポルタ・ジェノバ〉の道路標識を見るだけで、目の前に海が広がる。

ジェノバ港からは各地へ向けて船が運航している。フランスのコルシカ島だったり、スペインのマヨルカ島、イタリアのサルデーニャ島やローマの古い港町チビタヴェッキア、シチリア島へも繋《つな》がっている。乗り継げば、北アフリカにもギリシャの島々にも辿《たど》り着く。

思い立って車に乗れば、一時間半でもう海の入り口なのだ。この地区に家を見つけたとき、自由への切符も手にした気分だった。

初めてジェノバに行ったのは、葛飾北斎の展覧会を市内の美術館で観《み》るためだった。何もイタリアでわざわざ北斎を観にいくこともないだろう、と少し斜に構えていた。観て、仰天した。

美術館は、「キオッソーネ東洋美術館」の呼称も持つ。キオッソーネ家はジェノバで代々、製版と印刷を生業《なりわい》としてきた。その家に生まれたエドアルドは銅版画を勉強したあと紙幣造りを望んで、イタリア国立銀行に入行する。たちまち天才銅版画家として名を馳《は》せた。日本の紙幣も造っていたドイツやイギリスの印刷所で働いていたところ、日本の大蔵省紙幣寮へ来ないか、と大隈重信から招聘《しょうへい》される。精巧な技で偽造されない紙幣や有価証券を日本が独力で造り始めようとしていたときだった。ジェノバの銅版画家により、日本の初期の紙幣と切手は生み出されたのである。

キオッソーネは功績を讃《たた》えられ莫大な報酬と生涯年金を日本政府から授かるが、その大半を浮世絵をはじめ日本の古美術の蒐 集《しゅうしゅう》に充てて残りはすべて寄付した。集めた美術品は、一万五千点にも及んだ。日本で独り逝去したあと蒐集品は生まれ故郷ジェノバに送られ、この美術館が生まれるに至ったというわけである。

中世ジェノバで、欧州最古の認可銀行が生まれた。新世界からの荷や情報が陸揚げされ、取引が生まれる拠点だったからだ。最古の銀行は、港で船の出入を見守るようにして今でも建っている。貨物船や航路ごとの錨泊《びょうはく》所を眺めながら、新しい世界へと旅した海の民を思う。海が財源を運び、陸に上がって商売が生まれ、再び海の向こうへと渡っていく。
紙幣を造るために美術を学び、そこから得た利を再び美に還元して故郷へ連れ帰った人に、時を超えてミラノから一番近い海で会った。

（『日本経済新聞』二〇二一年七月一日）

雨

雨が降ると、思い出す人がいる。ミラノのラウラ。十二歳になったばかりの彼女がうちに遊びにきた日も、雨だった。特別なことではなくて、ミラノは雨天が多い。日本の梅雨とは違って、冬を足元から連れてくる冷たい雨だ。

ラウラの父親は弁護士で、母親は高校でフランス語を教えている。夜まで不在だ。年の離れている姉二人は、かまってくれない。小学生のときは祖母が学校へ迎えにきて、そのまま夕食まで祖母宅で過ごしていた。

「中学生になったので、ひとりで通学するの！」

買ったばかりの定期券を見せに、うれしそうに雨の中を訪ねてきてくれたのだった。

彼女と知り合ったのは、数年前の夏に立ち寄ったラヴェンナ近郊の港町だった。ボローニャで用を済ませたあと、そのままアドリア海へ抜けてみようと思い立った。七月は海へと続く高速道路は混んでいて、動きが取れなくなることが多い。ところがちょうど昼どきだったからか、珍しく道路が空《す》いていたのだった。

アドリア海沿岸には、長い砂浜が連なっている。クロアチアやアルバニアを対岸に、幅広の海峡のような海だ。海の向こう側は昔も今も物々しい政情が続いているが、イタリア半島側には波のない海が広がるばかりである。浜から沖に向かってどれだけ進んでも、なかなか大人の腰を超えることのない浅い海だ。ミラノやボローニャといった内陸の都会から近いので、六月に学校が休みに入るとすぐ、祖父母に連れられ子どもたちがやってくる。子どもたちの夏休みは九月までと長く、働く親は交代で休暇を取ったり祖父母に預けたりしてやりくりをする。

静かな海は、午前からもう温まっている。巨大な温水プールのような海の端を縫うように、もう若くない女性たちがさかんにしゃべりながら行ったり来たりしている。

ビーチチェアに座って海を見ていると、近くでつくねんと座っている少女と目が合った。赤茶色の髪が細かく縮れて小さな肩を覆い、鉛筆のような身体がいっそう華奢《きゃしゃ》に見える。海に入らないのかと訊《き》くと、

「食べたばかりだから、あと一時間はここにいないと叱《しか》られるの」

横で昼寝をしている老婦人に目をやりながら、小声で言った。その硬いアクセントを聞いて、私もミラノの運河地区なのよ、と返すと少女は味方を得た、というような顔つきになった。

「毎日朝から晩まで日が照っていて、去年も今年も同じで、もう飽きた！」

ラウラは生まれてからずっと、この海で夏を過ごしてきた。祖母方の代々の別荘があるからだ。近所には、都会からやってくる似たような環境の家族が多い。垣根があっても、肉や魚を焼く匂いや庭で浴びるシャワーの音、開け放しの窓越しに聞こえる話し声、と内輪の事情もたちまち近隣の知るところとなる。目が覚めるや水着に着替えて飛び出し、同じ浜で一日を過ごす。遠浅で見通しがよく、前の世代からの付き合いなので他家の子にも目が行き届く。この海に着くと、内も外もなかった。ヴァカンスのあいだ、皆がひと括《くく》りの大家族になった。

「雨が好き。時間の経《た》つのがゆっくりになり、家の中で独りになれるから」

ラウラは、隅々までを照らし出す夏の海の太陽が苦手だ。少女にも、雨に隠してもらいたいこともある。

（『日本経済新聞』二〇二一年七月八日）

おかあさん

「おかあさん、どうぞ」

吊《つ》り革につかまり考えごとをしていると、突然、隣に立っていた人からそう声をかけられた。関東全域に不要不急の外出自粛が要請されていたただ中の、ある日のことである。どうしても外せない面談があり、久しぶりに出かけた東京は殺伐としていた。せつない気持ちで地下鉄に乗った。もう午後で、でも退社時刻にはまだ間がある時間帯で、車内はそこそこの混み具合である。皆は乗り込むとそそくさと自分の立ち位置を決めて、他人とはできるだけ離れ、しゃべる相手はなく、車内の全員が揃《そろ》ってうつむき携帯電話を見ている。ひとつの空間に、たくさんの独りが乗り合わせている。

次の駅に着いて、私と声をかけてきた人が立つ前の座席がひとつ空いたのだった。やぶからぼうに見知らぬ人から「おかあさん」と呼ばれて、疫病騒動で人慣れしていなかった私は戸惑った。そもそもふだんから日本では、他人どうしが気安く声をかけ合うことはあまりない。

〈たしかに私のほうが年上かもしれないけれど、あなたに母扱いされることもないのでは?〉

心外ながらも私は礼を言い、喜んで座った。そうっと見上げると、三十歳前後の男性だ。健康そうで、替え上着にスニーカー、デイパック。しかも文庫本を持っている。マスク越しに笑って黙礼を交わす。いくつ目かの駅で、では、と彼が降りていったときにやっと気がついた。

〈そうやったのね! もっとしゃべったらよかったなあ〉

大いに後悔した。彼は関西の人に違いなかった。おねえさん、ねえちゃん。そこそこ若い見知らぬ女性に声をかけるとき、関西の人はそう呼ぶことがある。これらもまた敬称なのだ。「奥さん」とか「そちらさん」と呼ばれるよりも、敬意と親しみがこもっている。そう感じるのは、私も関西人だからか。高齢者ではないが、でも自分よりも年長の私を、彼は「おかあさん」と呼んだ。降りていく背に向かって、心の中で〈おおきに〉と言った。

そういえばあのときも「おかあさん」と呼ばれたのだったたっけ。


ひと夏ギリシャで過ごしたあと、久しぶりにミラノのバールへ行った。夜も更けて、外気が心地よい。入り口で涼む客たちのあいだをすり抜けて、店内に入った。奥行きいっぱいにカウンターがあり、その前に三、四人も立てばいっぱいになる小さな店だ。薄暗い照明のもと、ヴァカンス帰りの客たちの笑い声やグラスを合わせる音、「クラフトビールお願い！」、低い女性の歌声などが混じり合う。奥へ進もうとしたそのとき、カウンターで立ち飲みしていた人が、

「ママ！」

うそでしょう、どうしてここに⁉　目を見開いて早口で叫びながら、その女性が私に抱きついてきた。驚いたのは、私のほうである。ヴァカンス明けの肌と髪は日に灼《や》け、白目と歯が際立っている。シャワーだけ浴びて、夜も遅いのだから、と手に触れたものを引っ被《かぶ》るようにして出てきていた。全身に太陽を吸い込みミラノに連れて帰れたようで、とても誇らしかったからだ。

抱きついてきたのは、顔馴染《なじ》みの常連客だった。ペルーから移住してきて、看護師として働いている。わかるでしょ私よ、と胸元の彼女に言うと、

「顔も髪もママとそっくり。もう少しこうしていてもいい？」

ぎゅうっと抱きついたまま、何も言わずにじっとしている。

（『日本経済新聞』二〇二一年七月十五日）

モッツァレッラ

現場での取材が主な仕事である。毎日が日曜日のような時期もあれば、朝しばらくぶりに家に帰ってきたのに、連絡を受けてその日のうちにまた出かけていくようなときもある。予定は未定で、いったん出かけると帰宅がいつになるのかわからない。出発するのは少しも苦ではないけれど、問題は冷蔵庫の中身だ。缶詰や乾物、冷凍食品の買い置きはできても、生鮮食品は難しい。帰宅したら次の出発までの合間に、訪ねてくる人もいる。気の利いた手料理を出したい。ところが冷蔵庫を開けると、干涸《ひから》びた葉野菜や熟れすぎのトマト、だいじょうぶだろうか、というようなハム数枚が目に入る。数日前に大急ぎで発《た》ったときから、ずっとそこで待っていた食材だ。

以前、新聞社の上司が辞表を出した。生え抜きの前線記者だった彼の退職理由は、「空港でパニーニを立ち食いする生活に疲れた」だった。

私は青空市場の前に住んでいるので、その日に食べる分だけを買いにいく。個人商店を集めた市場で、ジャガイモひとつ、サクランボをひと摑《つか》み、というように自由に買える。

行きつけの青果店の店主は、南イタリアの出身だ。ミラノの卸売市場からは仕入れずに、独自のルートで調達している。エキゾチックな果物や温室の野菜などはない代わりに、南イタリアの旬を揃えている。トラック一台分のズッキーニやミニトマト、ソラマメやメロンなど、少数精鋭というふうに限られた種類の野菜と果物が店頭に並ぶ。ミラノには、南部からの移住者が多い。北部や中部イタリア、外国の野菜は、「プラスチックを噛《か》むよう」と、皆、故郷の濃厚な味を懐かしがる。店主は故郷の農家と連携して、北のミラノへ南の味を運ぶようになった。土の匂いの中に、耳慣れないアクセントが飛び交う。店は、小さな南イタリアだ。

〈ちょっと〉と、あるとき店主から目配せされた。私が買ったばかりの野菜を袋に詰めながら、店主はあごをしゃくった。レジ下のプラスチックケースに張った水に、握りこぶしほどのモッツァレッラチーズが浸《つ》かっている。

「今、届いた。食べてみて」

モッツァレッラチーズは、水牛の乳で作るフレッシュチーズである。新鮮さにおいしさが比例する。南イタリアのナポリ近郊が産地としてよく知られるが、もはや全国のスーパーマーケットでも手に入るようになった。ところが店主が密《ひそ》かに見せたのは別物のように思えた。青果店には乳製品の販売許可は下りないので内緒で勧めたのが真相だけれど、南イタリアの仲間として認められたような気がして、もちろん即座に買った。

「そのままでもいいし、冷凍もできるから」

店主にそう言われて、さらにもう一個買った。

薄切りにして冷凍しておいたカチカチのパンを戻してさっと牛乳に浸し、モッツァレッラチーズを挟んで、軽く塩をした溶き卵に潜《くぐ》らせてからパン粉を叩《はた》く。そのままフライパンで揚げてもよし。熱しておいたオーブンで焼いてもよし。そういえば、アンチョビの買い置きがあった。次はモッツァレッラにアンチョビも載せようか。

夏の夜半、友人と囲むミラノの食卓に、重くて濃い〈モッツァレッラ・イン・カッロッツァ（馬車に乗ったモッツァレッラ）〉が南イタリアを載せてやってくる。

（『日本経済新聞』二〇二一年七月二十九日）

誕生日

夏生まれなので、小さい頃から誕生日を祝おうにも夏休みで誰もいなかった。だから、誰かと過ごせた誕生日のことはどれも忘れられない。ボローニャからの帰りに寄った、海の町での夏がそうだった。

浜辺で知り合った女の子と他愛のないおしゃべりをしていると、「菓子を焼いたので、ぜひ」。昼どきに近づき、彼女の祖母から誘われた。共働きの親から預けられていたその小学生は、祖母と二人の夏休みに退屈していたのだろう。遠慮する私に、〈お願い！　来て！〉と、目で懇願した。祖母マリアは、海岸に来るのに白いリネンの開襟シャツに濃紺のAラインのスカートで、ビーチパラソルの下で背筋を伸ばし、鼻メガネでクロスワードを解いていた。気安く声をかけづらい、他とは一線を画す雰囲気があった。

昼食に訪ねると、花木や果樹が自由に枝を伸ばし蔦《つた》が窓枠や屋根を覆う、野趣に富んだ家だった。庭先のテーブルに着くと、マリアは自家菜園から採ってきたというトマトをざく切りにしてオリーブオイルと塩をかけ、テーブル横のプランターからバジルの葉をちぎって、「どうぞ！」と勧めた。単純明快で、だからこそごまかしの利かない食卓は、堂々として格好よかった。マリア自身がそういう人なのだろう。イタリアの夏ここに参上！ですね、と私が歓声を上げると、

「単刀直入が一番でしょう？」

彼女は、Rを喉の奥にひっかけて発音しながら言った。フランス式、とそれをイタリア人は呼ぶ。〈あれ？〉という顔を私がしたのだろう。

「幼い頃に、両親に連れられてフランスのサン・ドニへ移住しましてね」

一九二四年、父親は、イタリアで台頭し始めたファシズムに抗《あらが》って祖国を後にした。国外から仲間と連携して、密かに活動をするためだった。

「墓石を切る石工でしたから、頑固だったのでしょう」

笑うマリアの目尻が光る。

父親は移住先で工員の職を得て倹《つま》しいながらも家族を守り、イタリアを想《おも》い、ファシズムを糾弾する私文書を書きに書いたという。第二次世界大戦が始まる直前に、父親は大逆罪容疑でミラノの刑務所に投獄される。母親は子ども三人を連れて、実家が持っていたこの海の家に潜んで夫の帰りを待った。数年後に父親は戻ってきた。何があったのか、けっして話すことはなかった。

「十二年間過ごしたフランスで受けた教育は、父が遺《のこ》した財産です」

魂を抜かれた父親に代わって家族を支えたのは、娘たちのフランス語だった。戦後のミラノで、まずフランス語で教職に就いた。通訳や翻訳もこなした。フランス語を話していると、強くて優しかった父親との遠い日が蘇《よみがえ》った。マリアは、定年退職してからミラノの刑務所でボランティアとしても働いた。受刑者にフランス語を教えたのは、「父が囚《とら》われていた場所にいたかったからでした」。

昼食の締め括りに、「今日は私の誕生日なのです」と、マリアは色とりどりの夏の果物で飾られたケーキをテーブルに置いた。数日前に独りで誕生日を過ごしたところだった、と私が偶然に驚くと、

「この年齢になってこうして新しい友人といっしょに祝えるなんて！」

と、マリアは喜んだ。

あれから数年経った。

明日、彼女はあの海の家で元気に百歳を迎える。

お誕生日おめでとう、マリア。

（『日本経済新聞』二〇二一年八月五日）

真夏

毎年八月十五日の昼どきになると、高速道路を走っていた。四車線道路には、自分以外一台の車もない。路面に陽炎《かげろう》が立ち上っている。真昼の太陽のもと影のない景色が揺らぎ、陸でも宙でもない空間を走った。

人出がないのは、この日は天に昇った聖母マリアを祝うカトリック教の祭日で、ごく一部を除いてイタリア全土が休む日だからである。もとは、古代ローマ時代に遡る。イタリア語で八月十五日のことを〈アウグストゥス皇帝の休息（フェッラゴスト）〉と呼ぶのは、皇帝が農業従事者を労《ねぎら》って、耕作と収穫との端境《はざかい》のこの時期に休暇を与えたことに由来する。後世、八月にまとまった休暇を取るように法律でも制定され、古《いにしえ》からの夏の慣習は国民の義務となった。

大半の人が家族と休暇を過ごす八月十五日は、長いあいだ私にとっては書き入れどきだった。仕事の相棒は、パパラッチだ。さまざまな出来事の瞬間を捉えるカメラマンの総称で、イタリアで生まれたプロ集団である。人が移動し新しい出会いに満ちた夏には、シャッターチャンスも増える。彼らがものにした〈その瞬間〉を仕入れ、より早くより高く、新聞や雑誌へ繋ぐのが私の役割だった。情報の仲買人である。今でこそインターネットを駆使したソーシャルメディアが広く浸透し、常に世界各地の情報がインスタント（瞬時）にテレグラム化（電送）されるが、インターネットはおろかデジタルカメラすらなかった頃に速報を扱うには、障壁も多々あった。

「撮れた！」と電話で受け、では買いましょう、で取引が始まる。付き合いのあるカメラマンばかりとは限らず、初めての相手からの売り込みもある。さらに、たとえ旧知の間柄であっても、特ダネともなると現物フィルムを他人には託さなかった。編集部も休暇で閉まり、〆切《しめきり》が先送りとなる夏の真ん中を選んで、最寄りの空港や駅、高速道路の休憩所で落ち合った。現像したてのポジフィルムを載せて透かし見るための光源付きビューワーとルーペを持参して、そこで初めてカメラマンは特ダネを披露した。対面してやっとカメラマンから撮影現場の様子を聞くと、画像の向こうにかけがえのない物語が立ち上がってくる。短編映画のさわりを観る思いだった。逸《はや》る気持ちを抑え、その場から日本の編集部に電話をかけた。貴重な現場写真は、生鮮食材と同じだ。もたついていると、たちまち味わいどきが過ぎてしまう。優れた料理人に存分に腕を振るってもらいたい。無事に入稿先を射止め、パパラッチとがら空きの高速道路の休憩所で喜んでいると、カウンター奥で独りクロディーノ（ノンアルコール飲料）を飲んでいた中年男性が、私たちに向かってグラスを上げた。彼も真夏に働いている。長距離トラックの運転手だが、祝祭日と土・日は大型車両の高速道路の走行が禁じられている。休憩所にトラックを駐《と》めて〈アウグストゥス皇帝の休息〉が明けるのを待っているところだ、と言った。

すると、カウンターの向こうで黙々とカップを洗っていた店員が、

「ここも今日、働いています」

と、紙ナプキンに住所と電話番号を書いて渡した。次の出口から高速道路を降りてすぐのところにある食堂だという。

真夏が来ると、ゆらゆらした景色の中での仕事仲間との昼食を思い出す。

（『日本経済新聞』二〇二一年八月十二日）

Tシャツ

　昔、船上で生活していた。古い帆船だったので、風と潮を窺《うかが》いながらの六年間だった。夏の後半に入ると、穏やかな地中海でも、海の天候は目まぐるしく変わる。外から傍観していた頃は海をゆくことが船の肝心だと思っていたが、実際に暮らしてみると、いつどこで留まるかに船の行方はかかっているのだと知った。それを決めるのは船長で、多数決ではなかった。嵐を相手に、決断は急を要する。独りで考え、判断した。晴れわたる晩夏の空を見上げながら、慎重に過ぎるのでは、と出航を見送る船長を恨めしく思ったこともあった。

　船長が一言《いちごん》のもとに港での待機を告げるや、甲板長は弾かれたように船を早足で見回った。船首へ向かう途中、籐《とう》で編んだ大きなカゴを甲板の真ん中に置き、私たち乗船者はそこへ脱ぎ入れていた靴を即、履いた。そのとたん、グラリと船は半身を反り返らせ皆は頭から横波を被ったが、ふらついた足元は靴のおかげで無傷で済んだ。甲板長は船首から欄干伝いのわずかな隙間を跳ね進み、帆柱の裾にロープを手際よくまとめたり、船腹を衝突から守るために欄干に括りつけてあるブイを次々と外側へと掛け替えたりしながら、船尾へ戻ってきた。船長と黙って目を合わせると、舵《かじ》の前に足を広げて立った。

一天にわかに、などと言う間もなかった。黒々とした空の下、沖合にはたちまち無数の波頭《なみがしら》が立った。船長は船尾から岸壁に飛び降りると、係留杭《ぐい》に縛りつけてあったロープを両手で持って踏ん張り、全体重をかけて引いたり緩めたりした。風雨に揺れる船は、制御を失って暴れる馬のようだった。仁王立ちの甲板長は全身ずぶ濡れで、白いＴシャツと五分丈のズボンが身体にべったり張り付いていた。轟々《ごうごう》と横殴りの雨の中で持ち場を守り、微動だにしなかった。やがて船長の手綱さばきを受け、暴れていた船は落ち着きを取り戻していった。

突然の嵐が過ぎると、秋が来た。船や港に流れ着き溜《た》まっていた夏の残骸が、引き潮で沖へと流されていく。甲板長が船の下に潜って念入りな点検を終えると、少し高くなった空が青く広がった。

船内へ下りて船長や私たち同船者にエスプレッソコーヒーを淹《い》れ終えると、甲板長は青いバケツを提《さ》げて岸壁に降りた。脇に抱えた数枚の白いＴシャツとズボンをバケツに投げ込み、マルセイユで買った固形石鹸《せっけん》で丹念に洗った。それが彼の所持する衣服すべてだった。晴れたら洗い、乾いたら着た。とうとう漂白剤が効かなくなると、くすんだＴシャツは裂いて船体の掃除に使った。

ずた袋ひとつで乗船してきた甲板長のサルヴァトーレは、サルデーニャ島の小さな村の生まれで、幼い頃からずっと海の上で暮らしてきた。「読み書きができなくても、星と潮の流れが読めればいい」が、故郷ではあたりまえだった。家庭の事情で自分では船を持てず、雇われ船員となって船から船へと移り住んできた。うまく標準語が話せず、いつも独りで船首に座り海ばかり見ていた。ときどき笑い、見事な歯並びがのぞいた。その白さを褒めると、以前の船主にケープタウンで作ってもらった、と総入れ歯を外し、二分刈りにした銀髪の頭を振ってうれしそうに見せてくれた。

「船に乗れれば、もうそれで十分です」

（『日本経済新聞』二〇二一年八月十九日）

オリーブ

ミラノからその町に引っ越した日、会う人ごとに足元を見られた。カーフレザーのフラットシューズは柔らかく、足に手袋を着けたような履き心地だった。左側の靴には新緑のオリーブの小枝が、右には羽ばたく白いハトが染め抜いてあった。つま先を揃えると、ハトがくちばしにオリーブの小枝をくわえて飛び立つように見えた。

リグリア海に臨む町で、私は船上で暮らすことになっていた。数十年前に進水した木造帆船で傷んではいたが、中世から地元に伝承されてきた船型で、港に係留されているだけで圧倒的な存在感を放っていた。幅広の船腹は丸く安定していて、子を宿した鯨のようだった。

「地産のオリーブオイルを運んだ貨物船でした」

沖に出て帆を上げたとき、

〈これはノアの箱舟だ〉と思った。オリーブの小枝をくわえたハトの靴は、海をゆく新生活のお守りだった。

一帯は温暖な気候で知られる。海際まで迫る山々は、オリーブの木で覆われている。風に揺れ、葉が銀色に光る。どの山もオリーブ単種の眺めなので、てっきり野生かと思っていたら、

「中世、隣町の修道士が異国から持ち帰り、計画的な栽培を広めて現在に至ります」

ほとんど雨の降らない夏のおかげで害虫や病気を寄せ付けず、有史以来ずっと、地中海広域でオリーブは繁茂してきた。食用よりも燃料油として重宝され、高額で取引された商材だった。オイル交易である。商材は厳しく管理され、オリーブの木を無断で持ち出そうとする者があれば、即、極刑に処された。

件《くだん》の修道士は布教で訪れた異国から、この金の成る木を密かに持ち帰った。修道士の熱心な品種改良が功を奏し、オリーブの木々は近隣の山々を覆うまでになった。山の斜面からの収穫高は少ないものの、香りが高く軽やかなオリーブオイルが生まれ、極上の食用油として評判を呼ぶようになり現在に至る。

毎朝、私は船を留めてある波止場近くのバールに寄っていた。港湾関係者が集う店で、一杯のコーヒーのあいだに新聞に載らない話が耳に入る。

店は焙煎所《ばいせん》も兼ねていて、ホテルや食堂の注文に合わせてコーヒー豆を煎《い》っている。

老いた漁師が、今から沖へ出る若い仲間へ、「日除《ひよ》けに髪にも振っておけ」と、ガラス瓶を手渡している。ワインかと思ったら、オリーブオイルだ。

「砂を被って拭い取れば、水がなくても風呂代わりにもなるしな」と、笑った。

とたんにバチカンで会った悠々とした人を思い出した。古代ギリシャのその〈男性〉は、専用のヘラで全身の砂を擦《こす》り取っている。オリンピックで戦い終えたアスリートを題材にした彫像、『拭う者』だ。

古代オリンピックは、至上神ゼウスを崇《あが》めるための祭事だった。アスリートは男性限定で、強い女性が紛れ込まないように、全裸での参加が条件だった。真夏の開催である。ギリシャの強烈な日差しから肌を守るために全身にオリーブオイルを塗り、滑り止めに砂をかけて競技に出た。民衆は、輝く裸体の競い合いに熱狂した。一週間の競技開催中は、すべての争いは休戦とされた。天地を主《つかさど》る神への敬意と人間の心身の健やかさを讃え合う平和な祭典だった。

「当店では、オリーブの枝を燃やして煎っているのです」

足元から白いハトが舞った。


（『日本経済新聞』二〇二一年八月二十六日）

声

ローマにいたとき、食卓に着いても海岸で寝転んでいても、映画の中にいるような気がした。テーブルの上座でマリリン・モンローが声をひそめて笑っているかと思うと、すぐ隣にはショーン・コネリーが座っていた。あの高い声は、ディズニーのアニメ映画の猫ではないか。白雪姫から、「いっしょに足漕《こ》ぎボートに乗りません？」と、誘われる。声ごとに、忘れられない映画の名場面が目の前に浮かび上がった。

ひょんなきっかけから、役者に知人が多かった。役者といっても舞台に立つ人は稀《まれ》で、彼らが演じるのはマイクと画面を前にした密室だ。声優たちである。

イタリアでは、外国映画は字幕スーパーを入れて上映されない。わずかな例外を除いて、イタリアの声優が吹き替えをして公開される。映像はたしかに外国のものなのに、出てくる人物は皆、イタリア語を話している。いったんイタリアでの声が決まると、その外国人俳優はずっとその声のままイタリアの銀幕で演じ続けることになる。容貌は美しいものの演技力が乏しいために、イタリア人であるにもかかわらず吹き替えされて成功を遂げた女優もいる。声優たちの演技力はたいしたもので、吹き替え版で着実に人気を得て、さらに評価されるようになった俳優は多い。慣れないうちは、映画館で自分がどこにいるのかわからなくなったものだった。フランス映画を観ているはずなのに、いつの間にかローマの雑踏に紛れ込んだような気がしたり、イギリス映画にシチリアマフィアの気配を感じて身構えたりした。しかし一作を観終える頃には、その外国人俳優は生まれたときから流暢《りゅうちょう》にイタリア語を話していたに違いないと思えたし、彼が押し黙って吐《つ》くため息までがイタリア語に聞こえてくるのだった。映画館を出てからも、耳元にはジョージ・クルーニーのイタリア語が甘く残っている。アメリカ女性の鬼編集長が、ミラノ訛《なま》りのイタリア語でファッション誌編集部を震え上がらせるシーンは、日常、私が出入りするイタリアの仕事先の情景そのものだった。イタリアの声優は画面の中の俳優の体内へ潜入し、その口を借りて感情を声で表現する。イタリアで海外映画は、もうひとつの命を得る。

さて食事を終えて居間に移ったニニは、銀製のシガレットケースから一本、取り出す。優雅な指先に、〈リチャード・バートン〉がそっとライターを添える。九十歳を超えたニニは、若い頃に女優として舞台に立った。小柄で個性的な顔立ちでは、当時の看板は張れなかった。それでも人気があったのは、その清らかな声と品のよい仕草《しぐさ》のおかげだった。彼女が台詞《せりふ》を言うと、「小鳥が飛んでくるよう」と、観客は耳を澄ませた。吹き替えでも活躍した彼女の声で、どれほどの外国人俳優がイタリアのファンの心を浮き立たせたことだろう。

　ライターを差し出した役者仲間の手にニニは口元をそっと寄せ、「ありがとう」と、潰れた低い声で言った。老いたひと声に、同席していた声優たちは静まり返った。映画の歴史を担った声に皆が耳を澄ませた。

「昨夜いたずら電話があってね」

　一服し、ニニが笑う。声が掠《かす》れ、喉の奥で息が漏れる。電話口で下品に絡むその男は、「あなた、どうしたの?」と、尋ねたニニのひと声で押し黙った。

「あとは、彼の人生についての独白になったのよ」


（『日本経済新聞』二〇二一年九月二日）

車

急に初めての場所に行くことになり、最寄りの駅や空港からの移動方法がわからない。着いてみると無人駅だった、ということがある。周囲に店もなく、駅に貼ってあるタクシーの連絡先は繋がらない。レンタカーの手配もできず、立ち往生する。そういう事態を避けようと、車に乗っていく。イタリア暮らし四十年余で、車は七台目になる。

ミラノは小さな町であるうえ、四路線もある地下鉄やバス、路面電車のおかげで、乗り換えを厭《いと》わなければほとんどの地区へ公共交通で行ける。ただそれは地図上のことで、待ち時間は煩わしいし、荷物が多ければ雨や炎天下を歩くのは避けたいときもある。身繕いも乱れる。さらには、郊外からミラノへ通う人も多い。頻発する電車の遅延やストに遭うと、埒《らち》があかない。まだ疫病感染も収まらない。そういう事情もあって、ミラノは市民十人につき九台の車を所有している。結果、市内は慢性的に渋滞している。急《せ》いた挙句《あげく》、自ら詰まっている。

北方に連なるアルプス山脈が衝立《ついたて》のようになって、内陸の平野にあるミラノは風抜けが悪い。渋滞の排ガスと長く続く冬の重油による暖房の排気で、大気汚染は深刻だ。ミラノの濃霧は、高い湿度のせいだけではない。

汚染レベルを下げるために、市は交通量を減らす対策を講じてきた。現在（新型コロナウイルスの感染拡大防止のための外出規制がない状態）、旧市街には、朝七時半から夜七時半まで車では入れない。やむを得ない場合は、タバコ店やインターネットで市役所発行の進入許可チケットを買う。通行税だ。進入した時点から二十四時間以内に購入しなければならず、一回につき五ユーロである。地区内の居住者を対象とした割引のほかに、車の排気量や燃料の種類によってチケットの料金は異なる。この条例が実施されたとき、「バレるはずがない」と、料金を支払わずに旧市街を走行する者が多く出た。円形のミラノを短時間で移動するには、円周沿いではなく真ん中を突っ切るのが一番だ。ついこれまでの馴《な》れで、無意識のうちに進入してしまうこともある。すると数カ月後に、罰金支払い通告が市役所から配達証明で届く。旧市街との境界線上には、すべての道の入り口、四十三カ所に監視カメラが設置され、記録されているからだ。

私も何枚か違反チケットを切られたことがある。ある朝、郵便配達人がベルを鳴らす。

「手渡ししなければならない法的通告状があります」

怯《おび》えて玄関へ出る。違反だなんて、身に覚えがない。何かの間違いだ、と市役所の交通課へ出向いて異議申し立てをしたことがある。担当者は、

「あなたが歯向かう相手は、精巧な最新機器ですからね」

レコーダーに録画された、ナンバープレートの見える車体の画像を示される。私だ……。撮影場所と日付が記されてある。月日に何時何分まで記されている。すべて監《み》られている。それまで野放図だった路上駐車の取り締まりも強化された。もはや市内に無料の平面はない。乗るなら払う。駐めたら払いましょう。「ミラノの肺を守るためです」

それでも私が車に乗るのは、利便性だけではない。ドアを閉めると、独りになれる。ラジオからいつもの声がして、音楽が流れる。家でも屋外でもない空間に居ながら、どこかへ向かって発つ。

（『日本経済新聞』二〇二一年九月九日）

下宿

〈見つかるかどうか心配〉

先週末の夜遅く、携帯電話にマルタからメッセージが送られてきた。彼女は夏前にミラノの大学を卒業し、試験を受けてフィレンツェの会社に採用が決まったところである。九月後半から新生活が始まるが、一番の変化は住まいだ。生まれ育った親の家を出て、社会人になる。数カ月の試用期間を経たあと、契約を交わして正式に雇用が決まる。仮免許で運転するようなこれからの数カ月を、職能を磨きながら過ごす。

〈千ユーロ！（十三万円強）〉

研修中の報酬を尋ねると、大喜びの返事だった。

かねてイタリアでは若者の失業率は高い。今年の一月には、とうとう三三・八パーセントという深刻な状況になった。雇用者は若者を数カ月単位の勤務期間で採用し、契約は交わさない。全日ではなく、パートタイムも多い。結果、薄給になる。月額三百ユーロ（四万円弱）と聞いても驚かない。自立するのは難しい。そのような現状で、自分は恵まれている、とマルタは思っている。

この時勢である。たいていの物件は遠隔でも見られるようになっているし、空撮のアプリを使えば周辺の様子もわかる。それでもやはり実際に見にいこう。初めて一人で暮らす家なのだから。

マルタは郊外も含めてフィレンツェを何度も訪れたことがあり、土地勘があった。こぢんまりとした古都で、内外に人気のフィレンツェには世界中から人が集まる。観光客だけではなく、各種の専門学校や大学へ通う学生も多い。疫病感染拡大ですべてが封鎖されていた時期を経て、今、人の動きが戻りつつある。大学は一年以上にわたってリモート講義だったが、新学期の九月からは対面での授業や試験の再開が決まり、下宿を引き払って郷里へ戻っていた学生たちも帰ってくる。新入生もやってくる。

旧市街を歩きながら、働いて稼いだお金でここに住むことになるなんて、とマルタは胸がいっぱいだった。

「アルノ川に大聖堂、公共市場や田園など、窓からの眺めでもお選びになれますが」

周旋業者が示した数々の物件の写真と高額の家賃を見て、

〈旧市街どころか、そもそもひと部屋借りるのが無理〉

と、マルタはしょげている。

学生を対象とした賃貸は見つけやすい。家族で住めるような広い家も、部屋の数に合わせて入居者を募集している。ひと間貸しである。家具や家電も付いている。学生は卒業すると退居するので、効率よく貸せて家主にとって都合がいいからだ。

学生に限定した物件は半年や一年ごとの賃貸契約が可能だが、勤労者対象となると最低四年は住む条件となる。しかも家具なしの物件がほとんどだ。相応のスタート資金と覚悟がなければ、独り立ちは難しい。

苦心惨憺《さんたん》の末、勤務先から家主への口添えも得て、マルタはもう一人の勤務者と一軒を共同で借りる算段を付けた。周旋業者は物件ばかりか、同居の候補者の引き合わせまでを請け負って、内見の現場で顔合わせをすることになった。見知らぬ同居人も、新入社員として他都市から引っ越してくるらしい。

窓からは隣の建物しか見えないアパートメントで待っていた同居候補者は、ミラノの大学の同級生だった。

〈ミラノを連れて、フィレンツェでの新生活を始めます〉

(『日本経済新聞』二〇二一年九月十六日)

靴

左右同じ靴を作る村があり、その近くに住んでいたことがある。古から、リグリアに陸揚げされた荷は、内陸を経由してヨーロッパ各地へと運ばれていった。その道程の途中に靴の村、ピエーヴェ・ディ・テーコはある。海から山を越える道は一本で細く蛇行し、山の斜面に張り付くような難所も多い。今でこそ自動車が通れるようになってはいるが、長いあいだ人が担いで徒歩で行くか、せいぜい荷を積んだロバを引くかしなければ辿り着けないところにあった。近隣に大きな町もなく、幹線道路とも繋がっていない。まとまった水源も土地もない。製造業には適していない場所で、村は靴を作り続けてきた。第二次世界大戦直後の最盛期には、人口二千四百人の村に靴の工房が二百もあったという。

狩人に教えられてリグリアの内陸部を巡っていたとき、偶然その村を知った。こちらの山でヘアピンカーブを切るたびに、あちらの山を覆うような三角錐《さんかくすい》状の集落が木々のあいだに見え隠れし始めた。道に明かりはなく、満月でも上らない限り、まもなく何も見えなくなるだろう。たちまち暮れてしまう秋の山道を急いだ。夜にはまだ間があったが、この山を越えてもまた次なる山が待っている。先に行くには、村を通り抜けることになる。せっかくなのでいったん休憩しよう、と村へ入る手前で車を停めた。

中世に築かれたという村は、石を積み上げてできている。無彩色の低層の建物が並ぶ様子は、カブトムシがしがみついているようだ。古い石畳にはすでに夜露が降りている。朝、海辺を発ったときには半袖だったのに、村はもう深い秋だ。

ぽつぽつと点《つ》き始めたオレンジ色の明かりを追うと、回廊に出た。さほど多くはないが個人商店が軒を連ね、店の前に出した台には各々の商品が並んでいる。衣料や生活雑貨のほかに乾物、パンや畜産加工品などの食料品もある。鎌やくわなどの農具を豊富に揃えている店もあった。山越えの道中で商人たちが荷を解《ほど》いて売った名残でもあるだろう。

中でも目を引いたのは、靴店だった。軒先にいくつもの靴用の木型が吊るされていて、農作業用か、左右同じで底厚の革の短靴が山と積まれてあるのだった。驚いて見ていると、

「山で暮らすには、足が肝心ですから」

店の奥から靴職人が出てきて言った。

何もない土地なので、自分たちで作るしかない。戦後の物資不足のなか、靴は貴重品だった。客の足型を取り、牛革を材料に手縫いで靴を作り始めた。多少のことではびくともしない靴を村の職人たちは作った。当時、親が自分の履いた靴を子へ譲るのはごくあたりまえのことであり、将来を託す儀式のような意味合いもあった。

「穴が開いたら、修繕すればいい」

一度注文を受けた客の足を、村は一生守った。頼り甲斐《がい》のある靴の評判は世に広まり、軍隊からも注文が来るようになった。古くから村への道を、領土を警護する衛兵たちが通ってきた縁もあったのかもしれない。時が移り、短ブーツを作って村は軍人の足も固めてきた。

内陸の山の上に村ができたのは、海から上陸する他所者《よそもの》を高みから見張り、皆を守るためだった。回廊に並ぶ農具と食料と靴は、村が生きてきた証《あかし》だ。


（『日本経済新聞』二〇二一年九月三十日）

ワイン

朝起きて晴れていると、秋はことさらうれしい。車でピアチェンツァへ向かう。ミラノ市外に出るとすぐ、高速道路は農耕地の真ん中を貫いていく。イタリア最長のポー川流域は、昔から中・北部イタリアの胃袋を守ってきた肥沃な地だ。この土地で友人の家は、代々ワインのためにブドウを栽培してきた。広大な平野部はところどころが緩やかな丘になっていて、どの耕作面にもまんべんなく日が当たり風抜けもよい。友人がいくつかの丘陵で何種類もの野菜や果物を輪作して質のよい土づくりに励んでいるのは、ブドウのためだ。

いつかの秋、丘陵地を車で走っていると突然、酸《す》い匂いが車内に流れ込んできた。強烈な匂いにびっくりして徐行すると、日当たりのよいほうの斜面で数人がブドウを収穫している最中だった。日差しを正面から浴びているのに、ブドウ粒は影のように黒々としている。農道の端に車を停めて手際のよい収穫作業をしばらく見ていると、摘んだブドウを集め回っていた小型トラックから女性が降りてきて、

「まだ酸っぱいけれど」

ビニール袋に何房か入れて手渡した。その場でひと粒口にすると、皮を破って甘酸っぱい汁が弾《はじ》け出た。その女性は自分も何粒か頰張《ほおば》り、

「濃いでしょ」

と、赤紫色に染まった舌と指先を見せた。以来、収穫から瓶詰めまでに付き合う仲となった。夏の日照りや突風、悪い虫が付かないか、病気に罹《かか》らないかと、毎年ハラハラしながら秋を待つ。ブドウの出来を気にかけるのは、親が子の心配をするのと似ている。

収穫は、すべて手作業だ。実を傷つけないように、完熟する少し手前で木から離す。大地や太陽から与えられたエネルギーを粒に凝縮し、ブドウはワインへと生まれ変わっていく。昔は、清純な娘たちがブドウの実を素足で踏んだ。励まされてブドウが喜び、発酵と熟成がうまく進むとされたのだ。酒の神、と呼ばれた神の面々を思い浮かべる。全能神と崇められながらも、酩酊《めいてい》して醜態を晒《さら》したり過ちをおかしたり、と賑々《にぎにぎ》しい。酒《ワイン》は人の真性を映す。

収穫作業のあと、中庭で車座になって杯を交わす。夏祭りに使った合板のテーブルに白いテーブルクロスが掛けられ、祝卓に変わる。友人は、前年に瓶詰めした瓶を蔵から持ってきて注ぐ。ガラスコップには、赤や黄色でイラストが描かれている。よく見ると、子どもが大好きなチョコレートクリームの空き瓶だ。気さくに振る舞われたワインは、口に含

むとザラリとした舌触りだったのが、喉元あたりで微《かす》かな泡となって弾け、軽やかな香りが鼻腔《びくう》を突く。赤の発泡ワインは珍しく、この丘陵の特産だ。老熟させて楽しむ赤ワインが多いなか、この赤は若いうちに飲みきるのがよい。意気軒昂《けんこう》の若者たちが跳ねるようだ。

友人は、実崩れしてワインには使えないブドウを集めて皮ごと絞り、子どもたちに配っている。ともにテーブルに着き大人と同じように飲むのが、子どもたちはうれしくて堪《たま》らない。ある子がつい、親のコップを倒してしまった。白いテーブルクロスに赤紫色の染みが広がるのを見て、半泣きになった。

すると、そこにいた大人全員がすかさずワインの染みに指を浸し、その指で自分の耳たぶに触れながら、

「幸運の徴《しるし》。ありがとう！」

その子に向かって叫んだのだった。

（『日本経済新聞』二〇二一年十月七日）

秋の空

昨年十月頃のイタリアの知人たちとのやりとりを見返してみると、ほとんどが恋愛についてだった。内容は、幸せ半分、悲しみ半分。始まった関係に喜び、束《つか》の間《ま》の夢から覚めて涙する。

昨春三カ月間、厳しいロックダウンで家に閉じこもって過ごしたあと、外出禁止の解除とともに夏が始まった。とはいえ、同じ食卓を囲む人数が制限されたり屋外でもマスク着用は必須だったりで、コロナ禍以前の自由が戻ったわけではなかった。それでも、各地で新しい出会いがあり恋が炸裂《さくれつ》した。疫病にかかわらずこれまでも、夏の恋は熱しやすく冷めやすい。新しい出会いが原因で、古くからの縁が切れてしまうことも多い。〈着いては発つ港のよう〉と、秋の受信メッセージを繰りながら思う。

マスク無しが許可された今秋、イタリアからはどのような便りが届くだろうか。

フランコからは、稀にしか連絡が来ない。バールで朝早くから夕方まで、カウンターに立ち詰めで働いている。人通りの多い交差点前の店なので手を休める暇もなしにコーヒーを淹れ、食洗機を回し、オレンジを絞る。ときどき箒《ほうき》を持って店から出ていっては、歩道を黙々と掃いている。

「こうでもしないと、胸がつかえるので」

コーヒーを出せばそれでおしまい、とはいかない。朝一番のコーヒーを口にするとき、フランコからの「ブオンジョルノ（おはようございます）」は、砂糖より甘さが沁《し》みるものだ。そう思う客は私だけではないので、カウンターに立っているあいだはずっと客たちの話し相手をすることになる。注文を受け、蒸気が立ち上り、カップに注いで客へ出す。その間、一分そこそこか。エスプレッソコーヒーを待つ客たちは、イタリアのさまざまな瞬間を連れてくる。

毎日フランコは、各々の一瞬へコーヒーを添えている。長話にならないゆえ、あるいは無言だからこそ、いっそうやりとりは濃くなる。酔って長引くカウンター話が始まる前に、フランコは当番を終えて帰っていく。だから彼自身の話を聞く機会はない。

この秋最初の恋話を送ってきたのは、フランコだった。ワクチン接種や抗原検査が浸透し感染のリスクが減った夏、足の手術をしたのだという。先送りにされてきたが、やっと病室に空きが出て手術が叶《かな》ったのだった。

〈健康な身体で、母に会いにいってきます〉

彼が幼い頃に家族で北欧に移住して以来、両親はイタリアには戻っていない。親とはずっとうまくいっていなかった。高校を終えるとすぐ、フランコは独りでイタリアへ帰国した。

整った短髪に、袖口までプレスの効いた白い綿シャツは、いつも第一ボタンまで留めてある。狭いカウンター向こうで背筋を伸ばし、流れるような仕草でコーヒーやグラスを出す。誰に対しても敬語を崩さない。きっと彼の親がそうだったのだろう、とフランコを見るたびに家庭の様子を想像していた。

疫病で世の中がおかしくなる前に、彼は長年の恋人と市役所で結婚した。式にも披露宴にも、親族は一人も参列していなかった。二人が同性婚だったからだ。

フランコは、健康で明るい姿で幸せな現在を報告したかった。秋の空の下、母親は臨終の床にいた。

〈『おめでとう』が、別れの言葉になりました〉

（『日本経済新聞』二〇二一年十月十四日）

耳

フィリップを日曜日のランチに誘った。気難しい男性で、いつも渋面《しぶづら》をしている。四十代半ばを過ぎてから、さらに頑《かたく》なになった。

「僕が食べるものは、持参するから」

それならうちに招待する意味がないように思うけれど、来てくれるだけでも喜ぼう。好き嫌いが激しいうえに食物アレルギーもあるため、外食は避け他家での食事にも顔を出さない。ごく基本的な調味料や香辛料ですら、家には置いていない。同じ食材を生のまま食べる毎日なので、調理用具も揃っていない。「誰も来ないのに、じゃま」と、とうとう大きなテーブルも処分してしまったらしい。生まれてからずっと、母親とともに着いた食卓だった。家に独り残されてからは、台所は無用の長物と化してしまった。

さて日曜日、焼きたてのフォカッチャと羊乳のフレッシュチーズを提げて彼はやってきた。出生地リグリア州ジェノバの名産品だ。

「僕は離乳食を始めて以来ずっと、これで生きてきた」

包みを開くと、紙皿に縦長に切ったフォカッチャがずらりと並んでいる。フォカッチャは、生地をトレイに広げ、オリーブオイルをふんだんにかけてオーブンで焼く。彼が持ってきたのはふっくらと焼けた真ん中の部分ではなく、端っこばかりだった。フォカッチャの耳はそりかえって薄く焦げているうえ、オリーブオイルがかかっていないので乾いて固い。不満げな私に、「真ん中は朝食用で、耳は昼と夜にこうして食うことに決めている」と、スプーン代わりに細長いフォカッチャでフレッシュチーズを掬《すく》い上げ、頬張って見せた。

それで、以前、早朝にジェノバのバールへ入ったときのことを思い出した。ミラノやローマなら、たいていの人はエスプレッソコーヒーだけか、あるいは甘いパンを合わせて朝食とする。ところがその店にいた客たちは、パン屋から運ばれてきたばかりのふかふかでオリーブオイルがにじむ地元特産のフォカッチャをちぎっては、熱々のカップッチーノに浸して食べているのだった。そのカップの中をちらっとのぞいてみると、油膜がぎらり、虹色に光っている。

郷に入れば、か。意を決して、カップッチーノをたっぷり吸わせたフォカッチャを口に入れてみた。しっとりと塩味が広がり、すぐあとを泡立てた牛乳の優しい甘さが追いかけて混じり合い、挽《ひ》きたてのコーヒーの香りに伴われて喉元へと流れ、呑《の》み込んだあとに微かな苦味が残った。

そういえば、あのときもフォカッチャの端っこだった。ジェノバの内陸の山村で、小学生の誕生パーティーに呼ばれたときのことを思い出す。付き添いの大人も合わせると、三十人ほどが集まる予定だ。何はさておきフォカッチャを、と母親は準備におおわらわである。一家は、特上オリーブオイルの作り手としてよく知られていた。その子の誕生日は、早摘みの実で作るオイルが瓶詰めされる時期に重なる。パーティーで出すフォカッチャは、そのままオリーブオイルの試食も兼ねている。フォカッチャがおいしければ、付き添いの大人たちからオリーブオイルの注文も受けられるかもしれない。

「ヨーコ、今日は〈額縁〉で我慢してくれる？」

そう言って渡された皿には、オイルのかかっていない、ちょっと乾いたフォカッチャの耳ばかりが載っていた。リグリア州のもうひとつの名物は、吝嗇《りんしょく》である。

（『日本経済新聞』二〇二一年十月二十一日）

魚

食べるのも釣るのも好きだ。魚がおいしい日本とイタリアに暮らせて、うれしい。

釣りは、海と山のどちらでもできる。ただしイタリアでは全土で、プロもアマチュアも淡水魚を釣るには許可証が必要だ。有効期間は一年に限られている。自治体により、申請に必要な書類も異なる。旅先で川や湖に出会っても、許可証がなければ気軽に釣り糸を垂れることはできない。いつも車に魚網や釣具を載せて走っているけれど、そういうわけでイタリアの陸《おか》ではまだ魚を釣ったことがない。

ミラノから車で一時間ほど北へ走ると、〈湖〉と出口案内標識が出始める。映画や小説の舞台でも有名なコモ湖やルガーノ湖、マッジョーレ湖など、大小いくつもの湖が西のピエモンテ州から東のヴェネト州のアルプス山麓に並んでいる。どれも氷河湖で、渓谷の緑の中に現れるブルーの湖は幻想的だ。世間の喧騒《けんそう》とこちらの雑念を吸い取り、蕩々《とうとう》とそこにいる。

ローマ皇帝たちは、風光明媚《めいび》な場所を見つけてはそこで居心地のよい時間を過ごす達人だったが、ことのほか湖水地方を気に入っていた。湖の向こうの山々を越えると、異国だ。統治者たちは、別天地で休息するためだけに逗留《とうりゅう》したわけではなかっただろう。山越えの道程は敵が攻め入った軌跡であり、また情報や人材、商いの道でもあった。湖畔の住人たちは、古代からの縦横無尽の往来に添って生きてきた。歴史の番人だ。

過日、この湖水地方で生まれて育った作家の著作*を読んでいた。湖面を難なく走っていく男のことや、湖を見てそれまでの長い徒歩の旅を打ち切ることにしたマッターホルンやモンブランの話、湖畔に住むさみしい魔法使いなど、奇想天外な物語が続く。

その中にとりわけ奇妙な物語があった。小さな湖が次第に汚れ、「このままでは死んでしまう」と、なんとかして湖を守ろうとする男性が登場する。彼が選んだのは、湖の清掃でも不法ゴミ投棄の取り締まりでもなく、魚に変身して湖で暮らすことだった。

いったいどんな魚になりたかったのだろう。

私はその湖で釣りをしたことがないので、想像がつかない。片っ端から魚類図鑑をめくりながらふと、〈銀の魚〉という言葉を思い出した。本に付く染みのことをイタリア語でこう呼ぶのだ。湖のことを書いた本を読んでいるときに、次々と〈魚〉が出てくるなんて。

本と魚の繋がりがわからず、ヴェネツィアの国立図書館の館長に手紙を書いてみた。イタリア最古の国立図書館で、数十万冊に及ぶ中世以前からの写本の蔵書で知られる。古書の専門家に尋ねれば、本の染みを〈銀の魚〉と呼ぶ理由がわかるのではないか、と思ったからだ。

〈ウチダさん、それは本を綴《と》じる糊《のり》が好物な虫が、魚とそっくりだからでしょう〉

館長からの返信には、ゾッとしないその虫の線画が添付されていた。細長い体はたくさんの節に分かれていて、ウロコを思わせた。コイのようなヒゲも付いている。銀色の魚がページの間をくぐり抜け、行間を泳ぐ様子を想像してみる。

そういえば、日本語では本の染みのことを〈紙魚《しみ》〉と書く。魚たちは言葉の波間を自在に泳いで、ページを越えていく。遠く離れた日本とイタリアが、本の中の魚で繋がっている。

＊『クジオのさかな会計士』ジャンニ・ロダーリ著　内田洋子訳　講談社文庫　二〇二一年

（『日本経済新聞』二〇二一年十月二十八日）

ピノッキオ

幼い頃に読んだ『ピノッキオ』に、思わぬところで再会した。フランスとの国境近くの海辺にある、小さな村でのことである。都会を離れて借りた家は山腹にポツンと建ち、近所隣がなかった。見晴らしがよく静かだったが、雨風ごとに何かしら不都合が生じた。助けを呼ぼうにも、電話の回線が切れてしまう。続いて電気や水道も途絶え、しまいには鉄砲水で麓への一本道までが閉ざされた。しばらくして、その家が宅地造成の許可の下りていない斜面に建てられていたことを知った。解体して以前の状態に戻すよう、関係当局から通告されているという。建築を請け負った業者は建て終えた直後に倒産し姿をくらましていて、詳細を確かめるすべもなかった。立ち退き警告に、自分も騙《だま》された、と憤る大家は法廷で争う構えだった。

「違法とみなされて取り壊しが決まるまで、これからまだ何年もかかりますから」

少しも動じず、家を貸し続けているのだった。それでも私が居続けたのは、独り占めできる海と山の絶景と、村の駅のおかげだった。

ニュースを日本へ打電するのが仕事だが、当時はファクスで送信していた。停電になると、もうお手上げだった。道が寸断される前に山を下りて、最寄りの駅へと急いだ。駅には、自家発電で緊急時の備えがあるからだった。

日に数本の電車しか停まらない小さな駅だった。乗降客があるのは海水浴シーズンくらいで、それ以外は空っぽの車両が往来するだけだった。駅舎の一部を改造して、駅員家族が住み込みで管理していた。

妻は駅員で、夫は駅夫だった。彼は義務教育を終えてはいたが、読み書きが不得手だった。資格の必要な職務には就けなかったが、その堂々とした体躯《たいく》と器用な手先で、駅を機能させるためにありとあらゆる用事をこなした。

横殴りの雨が降るその夜、私は駅舎のドアを叩《たた》いた。現れたのは、二メートル近くある駅夫オズワルドだった。

「なんです？」

ぶっきらぼうに問われて、私はたじろぎながらも、ファクスを使わせてもらえないか乞うと、黙って〈入りなさい〉とあごで返した。

以来、嵐でないときも訪ねては雑談をしたり、食事に招いたり招かれたりする付き合いとなった。

夫妻は遠く離れた北イタリアの農村の出身で、毎年のように氾濫する川に耕作地を流され、泥に浸かった家屋での暮らしを繰り返してきた。揃って子だくさんの家の末っ子に生まれ、受け継ぐ農地も親族への義理もなかった。二人が鉄道で働くのを決めたのは、その土地を出て湿った宿命から逃れたかったからだった。故郷を後にするのはたやすくはなかったが、生まれた娘が喘息《ぜんそく》持ちで、海辺での療養を医者に勧められて、その海辺の村へ赴任してきたのだった。

「娘のおかげです」

あるとき私は呼ばれて子ども部屋へ入ると、等身大のピノッキオがベッドの脇に座っていた。父親が一人娘に贈った最初の人形は、着せ替え人形でもぬいぐるみでもなかった。『ピノッキオ』は、読み書きの意味と毎日を懸命に生きること、己を信じ他を敬う大切さを説く物語である。

まだあのピノッキオを持っているの？　と娘に訊くと、

「難民の子に譲りました」

海の向こうのピノッキオと父親を思う。

（『日本経済新聞』二〇二一年十一月四日）

紙

紙が好きで、捨てられない。〈紙魚〉の語源となった、本に取りつく虫の奇体を画像で見て以来、不要な紙を溜めないようにしようと思いながらも、菓子箱の薄葉紙《うすようし》などを見るとつい取っておこうかとまた迷う。油や水気が染み出る食品を包むために、再生紙の表面に油を薄く引いた紙を使う店がイタリアには残っていて、そこに店名や電話番号、ときにはイラストが二色刷りで入っていたりする。フォカッチャを食べ終えて油染みを取り除いた残りは、もちろん捨てたくない。

長年イタリアの新聞社で働いていたので、新聞紙もそう簡単には処分できない。北イタリアの支局長がうちに遊びにきたとき、机のまわりにうずたかく積まれた古新聞の山を見て黙って何度も頷《うなず》き、

「水に浸して、こぶし大に丸めておくといいよ」

と、おもむろに言った。古新聞の玉はガラス窓を磨くときにも役に立つし、薪の火付けにも便利らしい。

「インクの力は、読んだあとも消えないんだ！」

国を越えての職業病なのだろう。


古い文献にあたる必要があり、ヴェネツィアの国立図書館（マルチャーナ）の特別閲覧室へ入ったことがある。グーテンベルクが発明した活版印刷機で一五〇一年に刷った、最初の文庫判が現存するという。閲覧申請を司書に渡すと、

「一時間ほど散歩でもしてきてください。五百二十年眠り続けている本を起こすのに、少々お時間をいただきます」

戻ると、小さなトレイに載せてその本が差し出された。世紀の古書でしょう？　てっきりガラスケース越しに閲覧するのかと思っていたのに、いきなり現物を生で渡されたので仰天した。

「編集と印刷もすばらしいですが、ぜひ紙に触れてみてください！」

司書は、皮革の表紙で覆われた小さな本を恭しく両手で包み込んだ。紙魚ひとつなく、黄ばみも落丁もない。司書に勧められて、本を開いたまま持ち上げて見ると、ページの中に透かし模様が浮かび上がった。それは、職人が漉《す》いた紙を乾かすときに使った紙挿《ばさ》みの痕だった。中世からイタリアの紙は高い品質を誇った。紙作りの名工たちは、自分が漉いた標《しる》しを透かし模様で残したのである。紙そのものに記された最初の商標だった。

感じ入り、コーヒーでも、と近くのバールに入ると、店員がシュガーポットに砂糖を足しているところだった。紙といえば、〈砂糖の紙〉があったのを思い出す。イタリアでは、砂糖は紙袋で売られてきた。紙袋の色は、灰色を青に混ぜたような中間色と決まっていた。でも白や茶色の砂糖なのに、なぜ青なのだろう。

「染料の原材料は、希少石や異国の植物や貝殻でした」

ヴェネツィアの染色材店に訊くと、青色はラピスラズリという鉱石が原材料だったが入手が難しく高価だったため、高位な人や物を描くときに使われていたという。青い色の装飾が入ったページを刷るときに仕損じ（ヤレ紙）が出ても、捨てずに利用した。砂糖は貴重品で、金のように量り売りされてきた。希少な青い色の紙で砂糖を包んだのは、特別な品だったからだ。

「戦争中、富裕層の住宅街では、窓が真っ青になりました」

爆風で破れたガラスに青い色のヤレ紙を貼り、崩れない気位を見せたのだった。

言葉と時間を紙が守る。

（『日本経済新聞』二〇二一年年十一月十一日）

揚げもの

〈入居者の皆さん　問題が持ち上がり、臨時の集まりを開くことになりました〉

冬の午後、ミラノの集合住宅の玄関ホールに通達が貼ってあった。急いで書いたらしく、文字が躍っている。いったい何ごとだろう。

総戸数が十数戸という小さな集合住宅に住んでいる。古くからの住人ばかりで、気心の知れた心地よい環境だった。ところが、ちょうど世代交代の時期なのだろう。最近何戸か売買され、住人も新旧入れ替わった。エレベーターに見知らぬ人が乗ってきても、一見《いちげん》の来訪者なのか新しい隣人なのかわからない。建物の玄関は、二種類の鍵と頻繁に変わる暗証番号、カメラ付きインターホンでの顔認証に通らなければ開かない。そこを通過できても、エレベーターホール前には門番の常駐する小部屋がある。銀行や郵便局のガラス張りの受付窓口のようになっていて、早朝から夕方まで、門番は建物に入ってくる人を見張っている。なので夜間でなければ、エレベーターに乗り込んでくる人は、身元確認が一応取れていることになる。

住人のほかに、郵便配達人や清掃業者、各家の通いの家事手伝いは頻繁に出入りするので、門番とは顔馴染みだ。しかし中には、来訪が知れたり顔を覚えられたりしては都合の悪い人もいる。不倫相手や悪質業者、泥棒などだ。門番になる人には、特別な嗅覚が備わっているのだろうか。瞬時にうさん臭さを察知して、

「どなたに御用です？」

礼儀正しく、でも容赦しない口調で問う。手元には小さなランプが点滅するボードがあり、在宅と不在がひと目でわかるようになっている。留守宅の名前が上がろうものなら、門番はそこから先には通さない。押し切って進もうとすれば、建物内にジリジリと警報ベルが鳴り響く。

この電光ボードも、かつて住人会議で設置を決めたのだった。建物は運河地区にあり、飲食店が軒を並べる観光スポットとしても有名だ。夜遅くまで人通りが絶えず、それを狙ってよからぬ輩《やから》も集まってくる。不審者が私たちの建物内に侵入したことも、一度や二度ではなかった。プライバシーの侵害よりも住人の安住を優先し、全員一致で設置を決めたのだった。

門番は、二十年以上にわたり姉妹が交代で担っている。ミラノ郊外に生まれ育ち、結婚してからもそこに住み続けている。門番の仕事をする幼馴染みが多く、姉妹は仲間との情報網を介して、私たち住人についてだけではなく界隈《かいわい》の事情に精通している。私設警備員

のようなものだ。知りたいことがあれば、ネットで調べずに門番に尋ねてみる。たちまちどこにも書かれていないような情報まで集めてきてくれる。人の流れを見張り続けてきた、口コミのプロなのだ。私たち住人の生活は門番とその仲間に筒抜けになってはいるが、持ちつ持たれつで安心して毎日を送れている。

「郵便物の受け取りや来訪者への対応が門番の仕事でしょう？　控え室で料理は止《や》めてほしい」

話し合いが始まるや、入居したての若い男性がまくし立てた。朝から建物内に揚げものや煮込みの匂いが充満する、と迷惑顔だ。なんだそんなことか、と古参組はホッとした。

「おいしい匂いは、〈門番がいる〉という合図でしてね。じゃま者が訪ねてこない、安心の時間なのですよ」

（『日本経済新聞』二〇二一年十一月十八日）

映画

エンツォから電話があり、映画へ誘われた。三六〇度、見渡す限り農作地の村に住んでいて、一番近い町でも車で三十分はかかる。思い浮かべてみるが、映画館はなかったはずだ。それとも、どこか近くに新しくできたのだろうか。夜には濃霧の予報が出ていて、帰路の運転にあまり気が進まない。返事を迷っていると、

「心配しないでついていらっしゃい」

夕食後、エンツォは友人と連れ立って、トラクターで迎えにきてくれた。狭い運転席に三人で乗り込み、冬の農道を走った。

寒さで頬がチリチリする。周囲の耕作地は今年最後の収穫を終え、丸裸で黒々と広がっている。このあいだまで農地に立ち枯れのまま残っていた作物は、引き抜きと同時に布のように平たく潰して丸める作業機械で、大きなロール状に巻かれてあちこちに転がっている。しばらくそのまま置かれたあと、牧畜の飼料や燃料として使われる。共有するトラクターで藁《わら》のロールを集めて回り、厩舎やサイロへ運ぶのは、この時期のエンツォたちの重

要な任務だ。二人は、藁集めが終わったあと、どの森の枝払いをしてどこへ運ぶか、ずっと話し込んでいる。低い丘陵と平野が広がる一帯は、点在する森のおかげで水や風の災難を逃れている。森は深く、野生の植物と虫や鳥、小動物が棲《す》む。暗がりには神々しい何かが潜む気配があり、好き勝手に手出しをしてはならない暗黙の了解が、土地で暮らす人たちのあいだにはある。森は、春には新しい生命を生んで、夏は涼風と成長を、秋には枯れ落ちて薪へと変わって農村を支える。

しばらく農道を走ると、舗装された幅広の道路に出た。旧街道だった道だろう。街道に沿って、高い石塀が延びている。エンツォは合図のようにひと声かけ、トラクターを停めると塀の内側へどんどん歩いていく。あとに続いて入ってみると、そこは中世だった。

石造りの家が並び、小さな教会もある。広場を取り囲む建物の一階には地産のワインや雑多な土産物の店、食堂が入っていて観光名所のようにはなっているが、今でも普通の住宅として塀の中の中世に人は暮らしている。奥には古城風の館が見える。荘園領主だった貴族の屋敷だ。

かつてこの一帯は、貴族が統括する荘園だった。広大な所有地の中に建つ領主の館を取り巻くようにして、奉公人たちが住み続けてきた。一九四八年にイタリアの貴族制度は廃止され、表向きには荘園は国有化され貴族の称号も消え、特権もなくなったことにはなっているが、実質的には何ら変わることなく現在に至っている。古くから土地に深く染み込む領主への畏《おそ》れと忠誠心は守られて、次の世代へと引き継がれていく。大地は、自分たちが生きてきた過去から未来への記録だ。土地を見放せば、自分を見失うことになる。若者は農業から離れず、新たな証を母なる地に記そうと働いている。

トラクターに乗った二人は、土地の番人だ。エンツォは、城下町の管理人へ森の近況報告をし薪の搬入を約束すると、「公爵様へ」と、森で集めてきた栗を差し出した。

塀の中の中世に霧が煙る。非日常の場面《シーン》は、一幅《いっぷく》の絵だ。

村は、グラッツァーノ・ヴィスコンティという。『ベニスに死す』などの映画で知られる、ルキノ・ヴィスコンティ監督の出自である。

(『日本経済新聞』二〇二一年十一月二十五日)

ありがとう

足かけ十四年、マスコミを離れて農業に関わっていたことがある。自ら耕すことはなかったけれど、「イタリア全土の農耕地を隈《くま》なく見て回るように」との指令を受け、半島を巡った。沿岸を縫い、島々へも行った。内陸を行き、山や谷を越えながら目にした各地の情景を忘れない。どんな辺鄙《へんぴ》なところにも必ず耕地はあり、見捨てられることはなく、土のあるところにはその土地ならではの作物があった。

夏は五十度近くになるサルデーニャ島の奥地にも行った。家が一軒あるだけで、乾いた地を風が吹き抜けていく。自称百十四歳の男性は家庭を一度も持つことなく、遊牧をしながら暮らしてきた。長寿の秘訣を問うと、返事の代わりにコップ一杯の赤ワインと羊乳のチーズ一片を差し出した。

干涸びた地面が広がり、ほうぼうを蔓草《つるくさ》が覆っている。高山植物かと思ったその草は、ブドウだった。貧相な房だったがそれでもいくつかの粒を付けて、地面に寝そべるようにしてブドウが生《な》っていた。雨も降らない枯れた地で、地下深くの水源を探してブドウは根を伸ばし生きてきた。老人は、生まれ育った地に生るブドウを這《は》って摘み、代々伝わる方法でワインを作っては飲んできた。

「自分が飲める分だけ穫《と》れれば、それで十分」

石のようなチーズをかじり、ワインを飲んだ。ざらりと荒々しく、でも甘いあと味だった。

さてコロナ蔓延《まんえん》に伴い、イタリアの農業は早々に大きな打撃を被った。イタリア農業連盟によると、全土の農業従事者百十万人のうち三十七万人は外国人労働者が占めるという。正規に入国が許可されている外国人労働者に加えて、農業部門だけでも二十万人を超える不法入国者が従事しているとされる。特に北イタリアでは作業人員が足りず、これまでも種まきや収穫などを海外からの季節労働者に頼ってきた。どんなに機械化が進もうと、人の手にしかできない作業がある。真夏の数日間に集中して取りかかるトマトの収穫も、斜面に生える木を揺すりながら集めるオリーブも、手作業なしには成り立たない。

ロックダウン発令で、イタリアの農業の命綱である外国からの季節労働者が入国できなくなってしまった。野菜や果実が生る春夏になっても人手は揃わず、農作物の過半数が収穫されないまま廃棄されていった。秋に収穫予定の農作物も、たとえばワイン用のブドウも、準備に手が回らず減産となったものも多い。

放り置かれた農作物を思い、胸が詰まった。農業の危機は牧畜業の危機へと繋がり、国民の食生活を脅かす事態を招くことになった。

故郷の大地は、もはや自力だけでは守れない。それは、農業に限ったことではない。土木建築業や外食産業、家事代行や清掃、高齢者や病人の介護など、多くの分野は外国人労働者の手を借りて成り立っている。私のミラノでの行きつけの青果店は、スリランカ人が経営している。スロベニアから来た女性が、上階に住む高齢者の車椅子《いす》を押す。いてくれて、よかった。

それなのに経済が困窮する今、自国の利益の妨げになる、と外国人をむやみに排斥しようとする動きがある。事情を抱え祖国を出た人たちが、どのような思いで異国の土を耕し、弱者の世話をし、他国の味作りに励んでいるのか。

（『日本経済新聞』二〇二一年十二月二日）

郵便配達人

十二月八日、日が暮れるとイタリアが変わる。聖母マリアがその母アンナの胎内に宿ったことを祝うこの日を境に、いっせいにライトアップが始まる。目抜き通りに、路地裏に。川は縁《へり》に灯《とも》る明かりを映し込んで流れていく。照らされていっそう引き立つ暗がりがある。静かに瞬く光の下、この一年に起きたことを思い起こしながら散歩する。いつにも増して待ちわびたクリスマスと新年が、もうすぐやってくる。

日曜日の昼下がりに玄関のブザーが鳴る。のぞき窓の向こうには、神父が立っている。

「たくさんの幸あれ！」

神父はそう言いながら、ドアを開けた隙間から私と家の中に向かって、祝福の十字を切る。毎年のお清めのようなものだ。初めて訪問を受けたとき、信者ではないので、と断ろうとする私に、神父は「ノープロブレム」と笑って小さな紙片を渡した。聖母が描かれた守り札《ふだ》だった。ミラノの大聖堂《ドゥオーモ》のてっぺんには、聖母像が金色に光っている。数ある男性聖人をおいて、聖母が頂上で輝く眺めが好きだ。

札が届いたので私も季節の挨拶を、と上階を訪ねた。屋根裏を改装して住む彼女は、高齢で長らく独りだ。濃霧が降りると、キャベツと豚肉の煮込みを作って分けてくれる。彼女からの季節の差し入れはしみじみと温かで、でも少しさみしい。「亡くなった夫の好物でした」。ひと口ずつ、ミラノの下町の冬を味わう。

ブザーを押しても、返事がない。心配になりドアを叩こうとして、ふとドアの裾のほうを見た。床に近いところにいた〈聖母〉と目が合った。神父にもらった聖母の守り札が、ドアに挟まっている。

「誰かが侵入したら、お札が落ちるでしょう？」

泥棒避《よ》けなのだ、と以前、老女が教えてくれた。

私が大学生だった頃、四十年も前だが、イタリア人神父のもとでアルバイトをしていたことがある。当時はイタリア語を使う場がなく、唯一教会が〈日本で会えるイタリア〉だった。信者にクリスマスカードを送る手伝いだった。神父が口述するメッセージを私がタイプライターで打った。毎日、神父は大勢に書き、守り札を同封し、一通ずつ祝福してから投函《とうかん》した。学生の私にタイピングの機会を与えようとしてくれたのだろう、と今になって気づく。初めてタイプライターに触れたときの感激が、今も指先に残る。最初にタイピングしたのが、希望と感謝の言葉だったなんて。何よりのクリスマスプレゼントだった。

神父はカードを送るとき、必ず記念切手を貼った。「絵画展のよう！」と、日本の切手の美しさを皆が喜んだ。

以来、私も十二月になるとカードを書き、集めておいた切手を貼って送るようになった。クリスマスカードのひと言には、どんな長い手紙より優しい気持ちが込められている。一通ごとに、小さな明かりが運ばれてくる。

ところが今年は、日本とイタリアでエアメールのやりとりができない。疫病禍に日伊間を運航していた航空会社が倒産し、貨物を運ぶフライトが激減したからだ。凍えるミラノを自転車で、雪の日は徒歩でカードを届けてくれた郵便配達人を思う。昨年イタリアがロックダウンで閉じ込められていたとき、郵便配達人たちは高齢者だけで暮らす家の呼び鈴を鳴らして回った。安否を気遣い、あるいはインターホン越しの話し相手になるために、思いを届けたのだった。


（『日本経済新聞』二〇二一年十二月九日）

パン

COVID-19の感染状況は未だ山あり谷ありだけれど、年末年始はいつも通りにやってくる。移動や外出規制がかからないうちに準備を済ませよう、とこれからの数日を早送りで過ごす。

厳しい寒波の到来で、霜で路面も木々も光っている。用件を回り歩いて冷え切った身体でバールに入ると、パニーニが待っている。朝のうちはエスプレッソコーヒーを淹れていたアレックスが、楕円形の大皿に熱々の焼きナスやジャガイモ、ズッキーニ、茹《ゆ》でたホウレンソウにニンジン、「温室ものだけど」と、生のトマトやルコラを盛っていく。オーブンのタイマーが鳴り、ミラノ風カツレツやトマトソースで煮込んだミートボールも加わる。缶詰のツナのマヨネーズ和《あ》えには、頼めばケッパーも入れてくれる。近所のパン屋から二時間ごとに焼きたてが運ばれてくる。中が空洞になっているミラノ特有の小ぶりのパン〈薔薇《ロゼッタ》〉や硬い表皮の南部の〈アルタムーラ〉、ラードで小麦粉を捏《こ》ね薄く伸ばして焼いたエミリア・ロマーニャ州の〈ピアディーナ〉やリグリア州生まれのフォカッチャなど、多種類だ。熟成ハムと生ハムが皿に載っている。南イタリアから空輸で届いたばかりのモッツァレッラやリコッタのフレッシュチーズにするか、あるいは熟成のプロヴォローネやゴルゴンゾーラでいくか。味の組み合わせを想像しながら選び、パニーニを作ってもらう。「焼きますか、どうします？」。カウンターで食べる人もいれば、着席する客もいる。店へ入ってすぐに選び、食べてコーヒーという昼食は、忙しいときや孤食の優しい連れだ。

米と同じように、パンは食材を引き立てる。ご当地パンに地産食材を挟むと、たちまち土地の味の見本帖《ちょう》となる。

昨春イタリアがロックダウン下にあったとき、それ以前に比べて小麦粉は約三倍売れたという。連日、各地の友人たちから、熱心に小麦粉を捏ねる様子が送られてきた。ふだんは料理をしないような人までがパンやピッツァ、菓子作りに没頭したのは、持て余す時間と気持ちをなんとかしたかったからではないか。

パンは、イタリアの食生活のよりどころだ。最も簡素なパン〈薔薇〉の価格は、物価指数の測定に使われる。現在パンの平均価格は、一キログラムあたり三・八六ユーロ（約五百円）である。こぶし大のパン十二個相当なので、一個あたり四十二円になる。多くの人が買えるパン、として廉価が守られてきた。しかしイタリア消費者連盟の発表によると、今秋までにコロナ禍で小麦粉の価格は三八パーセント急騰し、パンをはじめとする基本食材の値上げへと繋がっている。

昼どきを過ぎたバールに老女が入ってきた。古いオーバーコートの中で、痩せた身体が泳いでいる。

「いつものを」

小さな声で言ったその人にアレックスは、サービスでコーヒーに添えるチョコレートをひと粒、そっと差し出した。

「今日は、二十一円分だけいただけるかしら」

横でコーヒーを飲んでいた私には、老女の言った意味がわからない。アレックスは、手早く〈薔薇〉を半分に切り小皿に載せた。

老女は長い時間をかけて、チョコレートをかじってはパンをちぎって食べた。昼食を終えた彼女に、アレックスは〈薔薇〉を丸ごと一個、紙袋に入れて渡した。

そして来週は、クリスマス。

（『日本経済新聞』二〇二一年十二月十六日）

バッボ

「運転してはだめ。今晩はうちに泊まっていきなさい」

オズワルドが命じるように言った。歳末の挨拶に立ち寄りそのまま昼食を呼ばれ、玄関で暇乞《いとまご》いをしかけたときだった。雑事に塗《まみ》れていて、のんびりしている場合ではなかったが、有無を言わさぬ口調に気圧《けお》されて一泊させてもらうことになった。老いた夫妻の家は二間だけだったが、台所のテーブルを隅に移動させてテレビの前のソファベッドを開くと、ひと晩だけの私の寝室になった。横になると、洗いたての匂いに包まれてたちまち寝入った。

オズワルドは、昔私が住んでいた町の駅で働いていた。ぶっきらぼうで、会うたびに、怒鳴られはしまいかビクビクした。駅の倉庫にはありとあらゆる工具や建材のほかに、引っ越しがあると手伝いに行っては「まだ使える」と回収してきた家具や小物が、所狭しと置いてあった。器用で、たいていの修理をやってのけた。

その頃私は立て続けに起きた問題に往生していて、疲れが顔に出ていたのだろう。オズワルドは故障しかけていた私も救ってくれたのだった。

ラウラは、二〇二一年をどう思い出すのだろう。年明けに母親を亡くした。海でラウラの家族と過ごした日を遠く感じるのは、あの夏が終わったあと、親が別居し皆で集まることがなくなったからだろうか。仲睦《むつ》まじい両親は、ラウラの自慢だった。病に倒れた母親を看取《みと》ったのは、よそ見をして母親を一番苦しめた父親だった。秋の終わりに、ラウラから写真が送られてきた。誰もいないあの海辺で撮った数点の最後に、沖を見る父親の後ろ姿が写っていた。遠く離れて撮った写真だった。二人でまたあの海に戻ったのだ。

ソフィアから、ミラノ工科大学を卒業したときの様子が動画で送られてきた。教授たちを前に卒業論文を解説し、質疑応答となる。公開され、審査会場には家族や友人も入ることができる。

「満点プラス名誉（優等学位）を授与します」。最前列にスーツ姿で緊張していた父親が、両手で顔を覆っている。うれし泣きする夫の肩を、隣の母親が微笑《ほほえ》んで抱いている。親族で初めて大学卒業をしたのだ。娘が。

〈お元気ですか？〉。携帯電話へのロレンツォからの写真に二度見した。うちに遊びにきて菓子を食べながらアニメに見入っていた男の子が、〈十八歳になりました！〉。画面に写っているのは、ローマの同僚、戦地報道のカメラマンと瓜《うり》二つの顔だった。真っ先に現場に駆けつけ、無精髭《ぶしょうひげ》に髪はボサボサ、ポケットにいつもパスポートを入れている。はにかみ屋だった男の子は今、父親と同じ笑顔で胸元に一眼レフを提げている。

幼な子が、父親を〈バッボ（とうちゃん）〉と呼ぶことがある。よく使われる〈パパ〉はフランスへの憧れから十九世紀に使われ始め歴史は浅く、〈パードレ〉は父なるものに対しての総称でもあり、少しよそよそしい。

〈バッボ〉は幼児語や俗語だと思われているけれど、ダンテの『神曲』地獄篇《へん》にも出てくる、古くからイタリア半島に生きてきた呼称だ。今、大人が〈バッボ〉を選んで口にするとき、そこには父親に対しての深い愛情と尊敬が込められる。

イタリアには、サンタクロースはやってこない。皆が待つのは、〈バッボ・ナターレ（クリスマスのとうちゃん）〉だ。

（『日本経済新聞』二〇二一年十二月二十三日）

第2章

独りにつき添うラジオ

イタリアの品格

二〇二〇年一月末日、ローマで初の感染者が出て以来、三月十二日の全土封鎖令を経て、未だに緊急事態宣言は解除されていない。累計感染者数は十二万人を超え、死亡者は一万五八八七人を記録している（四月五日現在）。

ジュゼッペ・コンテ首相は緊急事態宣言発動の際、「イタリアはヨーロッパの玄関である。自分たちだけではなく、他への責任がある」と述べたが、それはイタリア半島の歴史を顧みた呼びかけとも聞こえた。

有史で最悪の疫病は、一三四八年に広まったペストである。ヨーロッパの人口の三割が犠牲となったとされる。辛酸な経験を経て、海運業で栄えていたヴェネツィア共和国は、外からの船団を四十日間、干潟のひとつに強制碇泊《ていはく》させ、疫病感染の恐れがないことを確認してから入港を許可するようになった。これが、感染症の隔離と保健衛生学の始まりとされる。ペストは繰り返し猛威を振るい、当時の古文書には、人々の様子や政策、医療などが、次のように記録されている。

「まずは防御。迅速で正確な情報を公開し、医療の専門家たちの指示に従い、経済の利害を優先させず、パニックに陥らないこと」

それから約七百年。新型コロナウイルスはペストではないが、未知の疫病に変わりない。イタリアは、歴史の教訓に倣っているように見える。

緊急事態宣言が出たあと、各地の高校生や大学生たちと連絡を取った。イタリアの未来を支える彼らが、非日常へと突然変わってしまった日常をどのように暮らすのかを知りたかった。

「ボッカッチョの『デカメロン』を読み返している」と、話した大学生がいた。中世、ペストの蔓延からフィレンツェ郊外に逃れた若い男女十人が十日間語りつくす古典名作だ。あるいは、夢の中の情景を描いては明け方に送ってくる美大生がいる。下宿の独り暮らしがさみしくて学生は、「時間を合わせて食料品店へ買い出しに行き、偶然のふりをして友達と会うの」と工夫する。

大勢の若者が、老人のために買い物代行のボランティアを始めた。〈自由にお取りください〉とカードを付けて、パスタやチーズを入れたカゴを路地へと吊《つる》し下ろす人がいる。下宿先から親元に戻ったものの、自分の居場所を見失っている若者がいる。ゲームに飽きた高校生からは、窓からの写真が送られてくる。恋人の下宿に移って外出禁止の生活を共に始めることにした男子学生は、「コロナ時代には愛だ」と、父親からエールを送られた。

コンピューターの画面越しに友人とアペリティフを楽しむのは、もう日課になった。

農協の調査によれば、外出禁止になってから小麦粉の売り上げが約三倍に伸びたという。朝起きたら、母親が焼いたビスケットがある。ハート形だ。父親といっしょに粉から作るピッツァは世界一おいしい。バリカンで自分の髪をカットしてくれる高校生の姉に、小学生の弟は「失敗しても気にしないで。髪はまた生えてくるから」と、礼を言う。

皆がバルコニーに出て歌ったのは、単にイタリア人が陽気だからではない。独りきりにさせない。隣人を気遣い、安否を確認し合う。泣かないために笑う、からなのだ。「生きていたら、経済のどん底からも必ず立ち直れる。物事の重要さの順位を肝に銘じ、弱い人を守り、他人への責任を果たしましょう」

大統領と首相のこの言葉を受けて自宅待機を続ける国民が今、ウイルスに侵されてなるものか、と一生懸命に守ろうとしているものは、人としての品格ではないか。

（『読売新聞』二〇二〇年四月七日）

「ひもとく」コロナ in イタリア

新年の次はカーニバル（謝肉祭）。年中行事を楽しく過ごしていたイタリアを突然、新型コロナウイルスが襲った。北部から始まった感染は猛進し、三月中旬には全土封鎖が発令され家から一歩も出られない毎日が始まった。

ヴェネツィアで下宿する大学生に連絡してみると、実家のあるミラノには帰らないという。「中世に、疫病の感染防御のため〈隔離〉を考え出して戦ったここヴェネツィアに残り、間近で一部始終を見たいのです」

彼女は外出禁止中に読もうと、ボッカッチョ著『デカメロン』[*1]を買った、と言った。一三四八年にペストがイタリア半島を猛襲した際に執筆された、名作である。感染を逃れるためにフィレンツェ郊外へ避難した男性三人と女性七人が、毎日各人一話ずつ十日にわたって話した百篇の物語、という構成になっている。ボッカッチョは〈第一日まえがき〉で、疫病の凄惨さと取り乱す人々の様子を描く。観察眼は醒《さ》めて、微細まで取り逃がさず、記録映画さながらの圧巻の描写だ。後世に続く、数々の疫病文学の原点とされる所以《ゆえん》だろう。

ボッカッチョは、〈悩み苦しみの折、友人が楽しい話を聞かせてくれて、絶望に落ち込んでいた私を慰めてくれたのです。そのおかげで心身ともによみがえり、私はそれで救われたと確信しております〉と序で述べている。苦しむ人々を慰めるために、喜怒哀楽に満ちた物語を書いたのだろう。ペストで中世が終わり、人間らしく生きることを謳歌《おうか》しよう、という新時代が始まった。『デカメロン』は、次世代を照らす朝陽《あさひ》のような役割を果たしたのではないか。

緊急事態のもとで大学生から『デカメロン』を読み返すと聞き、〈時事問題の騒音をBGMにしてしまうのが古典である。同時に、このBGMの喧騒はあくまでも必要なのだ〉という、イタリア現代文学作家イタロ・カルヴィーノの言葉を思い出した。彼には、『冬[*2]の夜ひとりの旅人が』という小説がある。〈物語はある駅で始まる、蒸気機関車が一台鼻を鳴らしている〉で始まるこの作品の主人公は、カルヴィーノ自身の新作を読もうとする〈ひとりの旅人〉である。ところがせっかく購入したのに、欠陥本のため読み進められない。〈旅人〉は正しい刷りを探すものの、次々と問題が生じて小説の筋は逸《そ》れていく。読んでいるこちらも、始まりも終わりも定まらない本をいっしょに探し続ける羽目となる。やがて、〈あらゆる物語が伝える究極的な意味には二つの面があるのです、生命の連続性と、死の不可避性です〉と、カルヴィーノは締め括る。この一節を読んだとたん、イタリアの人々がバルコニーで互いを気遣い歌う光景と、感染による多数の犠牲者を火葬場へと伴う軍隊の装甲車の葬列が、目の前に現れた。

一般にイタリアは、家族の繋がりが強い。日曜日ごとに三世代が集まり食卓を囲む家庭も多い。皮肉にも家族の強い絆が仇《あだ》となり、高齢者から感染は広がり多くの犠牲者を生む結果となった。遠かった死がすぐそこへと迫り、自分の今までとこれからに想いを巡らせた人は多い。

モーム著『サミング・アップ』[*3]。著者は、自身の人生を振り返り、冷静に分析する。ヒントを探そうと、私は懸命に読んだ。ところが著者に、〈人生には理由などなく、人生には意味などない。これが答えである〉と、突き放されてしまう。そうではないと言うなら見せてごらん、と密かに読み替えてみる。終わって始まる、ということがきっとあるはず、と言い返してみる。

＊1　『デカメロン（上・中・下）』　ボッカッチョ著　平川祐弘訳　河出文庫　二〇一七年
＊2　『冬の夜ひとりの旅人が』　イタロ・カルヴィーノ著　脇功訳　白水Uブックス　二〇一六年
＊3　『サミング・アップ』　モーム著　行方昭夫訳　岩波文庫　二〇〇七年

（『朝日新聞』二〇二〇年八月八日）

独りにつき添うラジオ

昨年一月末にローマの観光客二人から始まった疫病は瞬く間にイタリア全土へと感染拡大し、ロックダウンは二カ月半にも及んだ。イタリア現地からの報道が私の仕事なのだがたまたま日本に帰国中だったため、遠くから皆の安否を確かめることぐらいしかできない。イタリアからの連絡をじっと待つ毎日を送った。

未曾有の事態ではあったけれど、実を言えば、私の生活は以前とそれほど変わらなかった。各地に散らばる記者やカメラマン、情報筋からいつ連絡があってもいいように、これまでもメモ帳と電話を枕元に置いての半球睡眠の暮らしだったからである。

そういう生活で、いつも私の相手をしてくれるのはラジオだ。ポケットラジオを離さない。いつでもどこへも連れていく。庭や台所、風呂場に仕事場、バルコニーや寝床で、アンテナを引き上げ周波数を合わせる。ザアザア、プツプツの向こうから、ニュースや笑い声、時報、スポーツ試合の実況中継、感嘆や音楽が聞こえてくる。

独りなのに、大勢。遠いけれど、近い。外の世界が、内側へと入ってくる。

いつもラジオは圧がなく自由で、思いやりがある。

木の柵に無造作に掛けられた古いポータブルラジオから、音の割れたヴェルディの歌曲が聞こえてくる。ゴム長靴を鳴らしながら出てきた中年の男性は、照れ臭そうにあごをしゃくって挨拶した。

何年か前、サルデーニャ島を訪れたときのことである。十五万年前から人が住み始めたとされるヨーロッパ最古の島には、原生林が続くかと思うと石だらけの荒地が現れ、草原を抜けると絶壁が、そしてエメラルドグリーン色の海から突き出すオレンジ色の岩礁、と多様な自然に恵まれている。島でしか採れない植物や生き物と暮らす生産者が内陸にいると聞いて、現地を訪れたのである。

その人は黙って手招きし、小屋へ案内した。打ちっ放しのコンクリート壁に白いピータイル敷きの床があるだけで、しかし隅々まで掃除が行き届き厨房《ちゅうぼう》同然だった。搾りたての乳の匂いが満ちて、赤ん坊を抱くような切なくて甘い気持ちになった。彼はここで独り牛と暮らし、島内でただ唯一のモッツァレッラチーズを作っているのだった。窓の外は、空と草原と牛だけだ。夜が明け、悠々と牛が横切り、止まって、立ち枯れした草を喰《は》む。カサコソと乾いた草がなびき、乳房が柔らかく揺蕩《たゆた》い、日が沈み、空の裾が赤く染まる。そして、月。

私は神戸生まれで、肉用牛農家を訪れたことがある。おいしい霜降り肉を目指して、「マッサージをしてやる」「ビールを飲ませる」など、独自の飼育方法を耳にしてきた。伝説の秘訣のひとつに、「クラシック音楽を聴かせる」もあった。ラジオからの名曲を耳にしながら、わが神戸の評判はとうとうサルデーニャ島まで届いたのか、とじんとする。音楽は乳の出にも効くのですね、と少々誇らしげに言う私に、

「いや、自分のためにかけているんで」

彼は悠然と返した。


朝のミラノ。バスタブにゆっくり浸かりながらラジオを聴くのが、ニニの日課だった。湯気の中、次々と読み上げられていく新聞の一面記事の見出しを聴く。九十歳近くのニニは、つま先から首筋まで丹念に手入れする。今でこそ節々が変形しているが、白い指は舞台に立っていた頃からの自慢だ。銀髪をシニヨンに結い、薄くマスカラを付け、香水をまといながら、ラジオが告げるアフリカの民族紛争や中近東での爆撃、中国の共産党大会やアメリカでの選挙速報に耳を傾ける。

「まったく！」「それは大変」「とりあえず、よかったわね」

見出しごとに、独り言を呟《つぶや》いたり頭を振ったりする。彼女には娘がいる。日刊紙外信部のベテランだが局長のポストを固辞して、世界のホットスポットを飛び回っている。ニニ

は、震える老いた指でタバコに火を点ける。毎朝のラジオは、安否の確かめようもない娘の声でもある。

ニニが遠くの身内を想うとき、いつもラジオがそばにいた。若くして花形男優と恋に落ちたが「公にするな」と祝福されず、極秘に結婚したあとミラノで独り、ニニは身を潜めて暮らした。ラジオで夫のゴシップが流れると、「人気のある証拠」と喜び、そして静かに泣いた。声も美しかった夫は、ラジオドラマの常連役者でもあった。ラジオの中の夫に、ニニは相手役の台詞を呟いてみたりした。

日本でイタリアの声を待ちながら、さまざまな独りにそれぞれのラジオがつき添っていたのを思い出す。

(『日本経済新聞』二〇二一年二月十四日)

二月の立ち話

　土曜日が始まろうとしている。路面はまだ白く凍結しているけれど、冬の底はもう過ぎた。朝の来るのが早くなり、じっとしておれず家を出る。あたりはまだ薄暗く、帽子と手袋がなければ身体が端から凍てつく。

　働く町、だからなのか。ミラノから逃れて週末を過ごす人は多い。一分でも長く楽しもう、と金曜日のうちに町を後にする。ところが大型車両は祝祭日と週末は高速道路を走ってはならない規則があるので、時間内にできるだけ先へ行こうとする長距離トラックで金曜日はいつもより混む。急かずに土曜日に早起きして出かけるほうが楽だ。

　朝食は道中サービスエリアで摂《と》ることにして、ガレージへ向かう。建物にすると八階分に相当する深さを掘って造った地下駐車場で、むき出しのコンクリートにひと冬分の寒さが沁み込んでいる。地下三階までエレベーターで下り、長い通路の先にうちのガレージはある。最初の一歩を察知して通路に照明が点くと、ちょうど車を入れ終えてガレージから出ようとしていた人が驚いてこちらを見た。

「えっと、ヨーコなのかしら？」

よもやの場合は、ガレージの中に戻りシャッターを閉めて護身するつもりなのか。下ろしかけのシャッターを手で押さえ、半身《はんみ》でその人は尋ねた。目深に被っていた帽子を取ってみせたので、ああ、と私も口元まで引き上げたマフラーから顔を出し、その人、精肉店の主人と挨拶を交わした。

百年ほど前に祖父母が創業した店を継いだ彼女は、誰よりも早く来て支度をする。店は、広場の一角の公営市場の中にある。紀元前三世紀、ハンニバルの率いる軍隊がアルプス山脈を越えてイタリア半島へ侵攻する途中、ここで戦象に餌をやったという民間伝承がある。戦象の休憩を機に人や物の流れが生まれ、市が立つようになり、広場の原型となったのかもしれない。人の流れは利益を連れてくる。商いの交差点は、情報の伝達場所でもある。

せっかくなのでいっしょに広場に戻りバールでコーヒーを飲んだ。

「市内ほど高速道路は凍っていないからだいじょうぶ」

精肉店のシルヴィアは教えてくれた。彼女は、ミラノ北部の郊外から車で通っている。どんな交通情報よりも早くて正確だ。高速道路を下りてすぐの卸売市場で仕入れを済ませ、南部にある自分の店へ向かう。町を縦断しながら、つぶさにミラノの目覚めを見ている。

道端には、もう紙吹雪が落ちている。待ちきれない子どもたちの歓声が聞こえる。もうすぐカーニバルがやってくる。冬の終わりを肉食で祝う。シルヴィアの店の書き入れどきだ。

ふと気づくと、まわりで市場のパン屋や青果店、花屋の店主たちがシルヴィアの軽快なおしゃべりに聞き入っている。百年間この広場で商売を続けてきた店には、存続する理由があるのだ。

「今日も寒いね。これ食べてくださいよ」

老いたパン職人が大きな紙のトレイを差し出す。甘く、軽やかな歯応えのカーニバルの季節菓子〈キアッキエレ〉が盛ってある。〈おしゃべり〉という意味だ。


（『朝日新聞』二〇二二年二月五日）

冬のサングラス

とうとう最後の雲の欠片《かけら》も強い風で流されて、真っ青な空になった。ミラノで秋から春までの半年は、からりと晴れる日は稀だ。行くあてがない週末、ここに残っていてよかった。

ミラノはドゥオーモ（大聖堂）を中心に、同心円状に道が通っている。バウムクーヘンの皮を一枚ずつ剝がすように、外側からミラノを少しずつ味わってみようか。

町の中央に向かって歩く。悪天候だと、傘や長靴、コートの襟に遮られて、景色はいつもどこかが欠けている。住んでいると、名所に見入ることもない。初めてミラノに着いたとき、何を見て驚き、どこで立ち止まったのだったろう。

久しぶりのミラノの太陽に、大勢の人が外に出ている。

「せっかくだから、ドゥオーモのてっぺんに上ろうか」

手袋越しに手を繫いだ二人が、中央へ向かう道すがら話している。平日、この道は、大聖堂周辺の銀行や事務所、ホテル、百貨店や美術館などへ向かう人たちで混み合っている。

中央には交通規制があり、住人かタクシー、許可された車両しか通行できない。大聖堂行きの路面電車も何本かあるけれど、路上の違反駐車に足止めを食らい頻繁に遅れる。いつも急いでいるミラノ人は、路面電車を乗り捨てて歩く。怒って大股で急ぐ人の波の中をよそ見しながら歩こうものなら、突き飛ばされてしまう。

それが今日は、誰もイライラして走っていない。北風と太陽が旅人の服を脱がせようと競った、イソップ寓話《ぐうわ》を思い出す。スカラ座の前を旧型車両の路面電車が、チリンチリンと甲高い警鐘を鳴らしながら行く。古い敷石が揺れてぶつかり合う音が響く。石畳は、十九世紀からずっとミラノの足元を支えている。

突然、その路面を這うように冬の日が差し込んできた。低い日差しは思いのほか眩《まぶ》しく、目線が遮られる。すると、雑談しながら歩いていた人たちが、いっせいにサングラスをかけた。それまでいろいろな顔をした老若男女だったのが、その一瞬で揃いのサングラスの顔へと変わったのである。夏のビーチでも冬のゲレンデでもないのに、皆がミラノでヴァカンスの顔になっている。乳母車の赤ん坊までがぴったりのサングラスをかけている。冬の帽子や厚い襟元からのぞくわずかな顔は、サングラス映えとでも言えばよいのか、計算し尽くされたバランスで、美しい肖像画を見るようだ。

サルデーニャ島でのある朝を思い出す。港に係留した船で寝ていると突然、長い波を受けて船が揺れた。入港してきたのは長さが五十メートルにも及ぶかという民間の大型船で、続いて爆音を立ててヘリコプターが甲板に降り、着港するやランプウェーからは最新型のスポーツカーが岸壁へ走り出てきた。陸で待ちかまえていた白い制服姿の乗務員たちが、ロブスターの載った銀の大皿を掲げ持って列をなし船内へ入っていく。アラブの石油王でも来たのか、と島の船乗りに尋ねると、

「全世界のサングラスを一手に担うのはイタリアのメーカーで、その会長が前妻に贈った船ですよ」

目を瞬きながら教えてくれたのだった。

（『朝日新聞』二〇二二年二月十二日）

消えたコイン

外から戻るとまず、玄関先でジャケットのポケットの中身を空ける。自動車や家の鍵、小銭、サングラスやリップスティックなどを小さな盆に移す。小間物ながら、どれも生活の肝心要を担っている。ひったくられないようにバッグを斜めがけにしていても、中身を抜かれることもある。

「財布は持ち歩かないように」

一九八〇年、大きな災害で荒《すさ》んでいた南イタリアのある町に住み始めたとき、そう助言された。紙幣はジーンズの前ポケットに使う分だけを入れていた。以来、大切なものは小さくバラし、分けて持つ習慣が身についた。

呼ばれたらすぐ現場へ、という仕事が多かった。そういうとき、玄関の小さなトレイの中身をそのままポケットに摑み入れて出かけた。

中でも大切なのは、コインだった。小銭とは別に、昔イタリアには特別なコインが二種類あった。表面にひと筋の溝が彫り込まれた〈ジェットーネ〉という公衆電話専用のものと、エレベーターに乗るときに使うコインだった。いずれも普通の小銭では代用ができず、それぞれ相当数を必ずポケットに入れていた。ジャラジャラと煩わしかったが、ポケットが重ければ重いほど、今日も初めての誰かと話しに会いにいくのだ、と新しい縁の始まりにわくわくしたものだ。

当時タバコ店の店先には、専売公社の〈タバコ・塩〉の看板の下に電話機のダイヤルがイラストになって貼ってあった。独りで知らない町に入り、これから面談の約束を取り付けようとするとき、ダイヤルの標示がある店を見つけると助っ人が現れたようでほっとした。店内の電話には公衆電話なのに番号が記されていて、相手からの電話もそこで受けることができた。たいていタバコ店はバールも兼ねていたので、まず電話をかけてみて相手が不在なら、カウンターでコーヒーを注文し、パニーニを食べ、置いてある新聞を読み、待った。壁に設置された電話機の上に専用コインを数枚重ね置き、電話をかける。込み入った話になると、積んでおいたコインがみるみる減っていく。長居している常連客と店主は雑談をしながら、聞き耳を立てている。ようやくけりがついて受話器を置くと、〈よかったな〉とカウンターから笑う目がいっせいに向けられた。

滞在中、毎日通ううちに、バールの公衆電話の番号は見知らぬ町での私の居所先となった。連日私の通話の一部始終を耳にしていたバールの客たちから、

「こういう話があるのだけれど」

思いがけない情報を教えてもらったりした。「最上階だから、会いにいくならこれを持っていくといい」と、銀色のコインを渡されたりもした。それを入れると、エレベーターに電源が入るのだった。未知の世界への木戸銭のようだった。

そのうちバールの店主は私にパニーニの釣り銭をジェットーネで渡すようになり、私も毎朝のエスプレッソコーヒー代をそれで払うようになった。言葉を交換するような、代え難いやりとりだった。

ポケットからあのコインが消えて、通話は薄っぺらになった。

（『朝日新聞』二〇二二年二月十九日）

二十八平米の南イタリア

数カ月ぶりに出張から帰宅すると、隣家が改築され三軒のワンルームとなって貸しに出されていた。一人住まい用のワンルームはトイレと浴室も含めて面積が二十八平方メートル以上、と法律で定められている。いったいどのように三分割し、どんな店子《たなこ》が入ったのだろう。居間に座って壁向こうの様子をあれこれ想像していると、玄関のブザーが鳴った。のぞき窓に長身の女性が見える。

「おかえりなさい。お疲れのところをおじゃまします」

大学生くらいか。磨いたパンプスにジャケット姿で、肩にかかるストレートの髪をときどき後ろに払いながら、背を伸ばして引っ越しの挨拶をした。ミラノ風のアクセントはでもいかにも付け焼き刃で、そのやわらかな抑揚から南部の出身と知れた。プーリアでしょう？　と私が尋ねると、新しい隣人はとたんに相好を崩して大きく頷いた。アドリア海に面した、イタリア半島南端の地方である。おおらかな自然と同じように、土地の人は鷹揚《おうよう》だ。

「どうぞご遠慮なく」

誘われるままに、私はスリッパで隣人宅を訪れた。

窓から見える風景はたしかにわが家と同じなのに、壁一枚を隔てたそこは南イタリアだった。小ぶりだけれど重厚な造りのライティングデスクが、窓際に置いてある。都会で独り暮らしを始めた孫への、祖父からの餞《はなむけ》だ。額の中からセピア色の両親が、若い笑顔を向けている。「額縁は、海岸で拾った流木で作りました」。友人たちが寄せ書きした〈チャオ！〉が躍る絵葉書は、海辺の白い街からだ。卓上には、難しそうな経済学の本が広げてある。しおりの代わりに故郷の守護聖人の絵札が挟まれている。小さなワンルームは潮の香りとプーリアの日差しに満ちて、洋々としている。

ブルーナは、ミラノの私立大学を卒業して間もない。人気アパレルブランドからすぐ、採用の内定を得た。コロナ禍で若者の就職事情は、ますます低迷している。雇用されるには、相当な実力と運が必要だ。彼女は英語とドイツ語、フランス語に加えて、「中国語も少し」使いこなす。幼い頃から習っているバイオリンでは、演奏家の道も勧められたほどだった。長身で目を引く顔立ちだ。モデルのアルバイトをしたこともある。人あたりは柔らかいけれど、毅然《きぜん》としている。この原石と出会った雇用主は運がいい。ブルーナは、じきに会社を牽引《けんいん》していくことだろう。

ミラノらしい成功物語に感心していると、

「この部屋でロックダウンを経験したおかげで、自分にとって何が大切なのかがわかりました」

南部プーリアは、肥えた大地に生る小麦やトマト、オリーブで、北部イタリアの胃を支えている。そして南の海は、北の疲れた心身を慰める。

コロナ禍以前は、時代に取り残されている、と故郷を卑下していた。

「でも、そうでしょうか」

しばらくミラノで働き、南の自分にできることを考えたいと言う。

お近づきのしるし、と渡されたオリーブオイルは、一番搾りの南イタリアの味がした。

（『朝日新聞』二〇二一年二月二十六日）

第3章

思いもかけないヴェネツィアが

深夜の散歩

三月最終の日曜日から、夏時間になった。長雨の続いたヴェネツィアの商人たちは、張り切っている。本島に住んで働く人は少なく、大半が大陸側に家を持つ。十一月から三月までは、本島から大陸への連絡船の最終便は夕方六時半である。日暮れとともに早々に店を閉め、氷雨《ひさめ》に打たれながら「今日も売れなかった」と、帰路につく。この五カ月間の闇をどう乗り切るかが、腕の見せどころである。店や工房のたいていは賃貸で、観光客が流れる通りとヴェネツィア本島と地元民の通勤路にはなかなか空きが出ない。安いから、とひと筋外れた路地に店を構えると、猫すら通らない一帯もあれば、冠水のたびに床上浸水するところもある。

「店を閉めてから、ちょっと散歩に行きませんか」

四月になる直前、通いの食堂でぼんやり座っていると、店長がそう声をかけた。他県からヴェネツィアに働きにきた青年は、雇われ店長ながら責任感が強く働き者で、開店してからまだ間もないのにすでに地元の贔屓《ひいき》客がついて繁盛している。

午前零時を回った町は、深閑としている。陽《ひ》のあるうちは店を目印に道順を覚えるが、閉まってしまうといっさいが闇に沈んで見分けがつかない。若い店長は、両手をポケットに入れてフードを深々とかぶり、早足で行く。夜の足取り次第で、ヴェネツィアへの馴染みの度合いが知れる。

右へ左へを繰り返しながら青年はときどき立ち止まっては建物を見上げ、周囲を確認するように見渡してはまた歩き始める。しばらくして行き止まりの角地で立ち止まると、

「ここからサン・マルコ広場まで、二分なんです」

角を曲がると小さな太鼓橋があり、それを越えるとヴェネツィアの核であるサン・マルコ広場へと出るのだと言った。

その角地の店はよく知られるファッションブランドで、昨春に開業したばかりである。

「この区画で、若者向けに服を売ってもねえ」

ヴェネツィアの観光客は、一泊数十万円をものともしない層から日帰り手弁当の近隣圏の人たちまで幅広い。ブティックの狙う客層は、サン・マルコ広場まで来てTシャツは買わないだろう。しかし商圏の一等地に出店するのは、何より顔見せが目的である。世界の特等商店街に店を構えたことを通行人に披露する。

「夏時間が終わり人出が減れば、ショーウインドウの役目もおしまい」

食堂の常連客から、そのブティックが賃貸契約期限の切れる前に店舗を手放したがって

いるらしい、と耳打ちされた。ヴェネツィアの要の商品は、利権である。

「大家が不動産業者に託す前に、直接当たりをつけておこうと思って」

青年が店長を務める食堂は、地元の人たちにはよく知られるようになった。見晴らしのよい場所に広々とした店を構えることができたのは、観光客の動線から外れた区画にあるからだった。開業して数年。地元の住民に名が知れて、経営者はいざ表舞台へ出ていこうと虎視《こし》眈々《たんたん》らしい。青年は、その意向を汲《く》んで広場に近い物件をしらみつぶしに当たっているのである。

明るいうちは人の目があるし、食堂も回さなければならない。店を閉めたあと、皆が寝静まる頃を待ち、これという物件を丹念に見回っているのだという。

冠水に弱い場所であろうがなかろうが、サン・マルコ広場の周辺の利権は尋常ではない高値である。そもそも広い物件が少ない。間口がワンドア、二十平米前後、トイレ共有、倉庫なし、がたいていだ。建築物に関する新しい規制は、頻繁に発令される。消防法から衛生法まで、新規の条例ごとに店舗は役所通いや改築を余儀なくされる。条例の読み解きは素人には難しく、都度、公認会計士や弁護士に頼ることとなり、届出書類ごとに証書や収入印紙が必要だ。商業物件の大家は賃貸料に加えて、規制に見合う改築は店子がするように、と条件出しすることも多い。契約書には記載されることのない、机の下の折衝である。

場所を確認した青年は満足げで、歩みを緩めて広場へ向かう。

観光客もハトも消えたサン・マルコ広場の真ん中で立ち止まると、

「二百万ユーロ（約二億六千万円）でどうか、と言われましてね」

彼は、すでに不動産業者も大家も抜きでブティックの借主である店主と話を始めているのだった。規制に合わせて店子が受け持った改築費用、この先まだ残っている契約期間内に払い込むべき賃貸料、せっかく手に入れた商権を契約終了前に〈譲ってやる〉ことへの心づけ、などの総額である。法的に大家が手にすることになる契約破棄への違約金も潤沢に組み込まれているのだろう。

地面の少ないこの町で地に足がついた暮らしをするには、ヴェネツィア特有の世知が必要だ。ヴェネツィアでは広場のことを〈カンポ（campo）〉、「畑」と呼ぶ。皆が集まるアゴラ（古代ギリシャ語）と同義で〈ピアッツァ（piazza）〉と呼ばれる広場は、サン・マルコだけである。そこでの商権を手に入れることは、世界の玄関で客を出迎える利得に繋がる。

真夜中の広場の真ん中で、闇に光るヴェネツィアの目を感じて、ぐるりと取り巻く回廊と窓を見る。


（『Ｗｅｂでも考える人』二〇一六年四月十二日）

ふと立ち止まると

路地を抜けると、埠頭《ふとう》に出る。両手いっぱいのヴェネツィアと対面して、一日が始まる。海峡沿いに歩くと、対岸のサン・マルコ広場も並んでついてくる。畏れ多く、しかしうれしい。雨でも風でも、朝が待ちきれない。業務船舶を係留するための木の杭が、ところどころに突き出ている。空いた杭頭にカモメが留まり、じっと水面を見ている。目が合うと、クォーと甲高い声で鳴く。黄色のくちばしが、明るい緑色の海峡に映える。

毎朝、コーヒーのあと本島側に渡る。決まった勤め先も予定も持たない私の、唯一の日課だ。水上バスが岸壁を船尾で軽く押し返すようにして弾みをつけ停留所を出ていくとき、ヴェネツィアの中でのもうひとつの旅が始まるようで胸が高鳴る。毎日乗るたびに心が弾む。

水上バスは、海峡を直進して渡らない。水の流れと並行になるように船体を定める。幅広の海峡の中央に向かってわずかに進み、たちまち舵を大きく右に切って、海峡の中央で大きくUの字を描き船首から停留所に入っていく。船がカーブを切るとき、それまでは船尾の向こうにあった風景がぐるりと回って視界に飛び込んでくる。歌舞伎の回り舞台を見るようだ。三六〇度のヴェネツィア。

ひと駅で本島側に着く。いわゆる海峡の渡し船だが、観光客なら五ユーロ（約六百十円）、住民なら一・五ユーロ（約百八十三円）の運賃だ。「法外に高い」と不評だけれど、これほどの観劇がどこでできるだろう。下船するのが名残惜しく、感嘆したまま、艫綱《ともづな》を係船杭に投げかける乗務員が幕引きに思えてつい深々と礼をする。

本島のことをヴェネツィアに住む人たちは、〈チッタ（citta）〉、「町」と呼ぶ。

朝、干潟から本島へ渡る乗客は、大半が学生や勤め人である。ひと駅なので、風雨が強くても船内席には着かず甲板に残る。同乗する人どうし、軽く挨拶を交わしたり世間話をしたりしている。どの人も訛りが強い。思えばこの町は、どの時代にも外からやってくる人を迎え入れては、また外へと送り出すことを繰り返してきた。たとえイタリアであっても、他都市の人ならここでは異邦人である。ふだん使いの言葉で通じる相手が身内であり、それ以外は等しく異人なのだ。

船のエンジン音と吹き抜ける潮風にかき消されて、隣の人たちの雑談は細切れにしか聞こえない。それでも新規の店舗の評判や何某氏の結婚式、開通したばかりの遠距離バスの乗り心地、市議会選の噂《うわさ》などが漏れ聞こえてくる。甲板で耳にした話を確かめようと思い立ち、本島に降りてから先の、その日の予定を決めることもある。

本島へ着くと、直進してアカデミア橋を渡る。木造の太鼓橋でたっぷりとした幅を持ち、緩やかな曲線を描いて大運河に架かっている。長い橋は、渡るあいだにすっかり息が上がる。

「ああ」

息を切らして上ってきた人たちが、頂点で一様に息を吐く。

そこからの眺めは、世界の名所の中で最も写真に撮られ、絵に描かれるのだという。たとえどんなに急いでいても、皆そこでいったん足を止めるのを物売りたちはよく知っている。頂点から数段下で欄干に寄りかかって立ち、自撮りの棒やらいかにも安物のプラスチック製の仮面、にわか雨が降ればビニール傘を、暑い日には帽子やサングラスを持って観光客に声をかけている。

頂点でふと立ち止まると、ここでもまた水上バスの甲板のように地元の顔馴染みどうしがすれ違いざまに挨拶を交わして、橋のこちらとあちらに別れていくのである。

「あら、おはよう！」

ひと休みしていた私に声をかけたのは、ギャラリーに勤める知り合いの女性である。大陸側からバスで本島まで通勤している。足早に階段を下りかけて、

「あれ、観ておくといいわよ」

橋の前にあるアカデミア美術館の垂れ幕を指して言い、じゃあ、と手を振って橋下へと

去っていった。

『アルドゥス・マヌツィオ展』

アルドゥス・マヌツィオは、一五〇〇年代初めのヴェネツィアで文庫版やイタリック書体を生み出して、ルネサンス時代の幕開けに大きく貢献したアイデアに満ちた出版人である。その没後五百年を記念しての展覧会なのだ。

サン・マルコ広場をぐるりと囲む建物の中に、壮大な国立図書館がある。マヌツィオ本の初版も所蔵されていて、図書館利用カードを作り申請すれば誰でも原本を手に取って見ることができる。

橋の頂から、あらためて絶景を眺める。大運河には、何艘《そう》もの船が悠々と浮かんでいる。アルドゥス・マヌツィオは自ら興した出版社の社標に、イルカが錨《いかり》に絡まる図を使った。

「落ち着いて、急げ」

一貫して変えなかった、彼の出版哲学である。

展覧会の垂れ幕を目にしてそれを思い出し、私は長く緩やかな太鼓橋を軽快に下りてみる。


（『Ｗｅｂでも考える人』二〇一六年四月十九日）

干潟を横歩き

寒の戻りがあったり、夏日になったり。五月の空模様を睨《にら》みながら、冬服をクリーニングに出すのを待っている。

大風の吹いたあと、大陸の山岳部には雪まで降った。干潟の向こうに、白く縁取りした尾根が連なっている。湿気を吸い上げた吹き下ろしの風が、路地を走り抜けていく。耳たぶを凍らせて、バールに飛び込んだ。

防水の分厚い上着姿の男たちが、カウンター前で雑談している。ごま塩頭に、重油でも染み込ませたような黒々とした顔。深い皺《しわ》が目元や口端に刻まれている。腹回りにたっぷり肉のついた男がしきりに何かしゃべり、カウンターに並んだ男たちは茶々を入れながら笑っている。単語を二つ三つ繋げただけの、かけ声のような会話が続く。耳をそばだてるものの、内容はほとんど聞き取れない。かろうじて耳に残るのは、彼らが繰り返し言う〈トラモンターナ〉くらいだ。男たちは漁師である。船員もいる。荷揚げ業者もいる。皆、この離れ小島で生まれて育ち、海を介して暮らしている。

ヴェネツィアに限らず、港にある食堂やバールには待ち受け顔の男たちが集まる。彼らが待っているのは、風だ。季節ごとに風の向きは変わり、海の男たちの行く末を決める。波の立たない海がいいかというと、そうとは限らない。順風満帆の言葉通り、待っていた風が吹き始め海が色めき立つ瞬間が訪れる。それを逃さず、彼らは波に乗って大海へ出ていく。

トラモンターナは、北から吹き込む季節風の呼称だ。イタリア半島南部にあった海洋国アマルフィの船乗りたちが、世界で初めて羅針盤を作り広めた。アマルフィの海の男たちは、羅針盤に方位を季節風の名前で記した。以降、東西南北を風の名前で指すようになったとされる。季節の移り変わりを風に聞く。海が季節を連れてくる。

トラモンターナが吹き終わると春なのに、今年は季節外れのシロッコ（アフリカからの風。南を言う）が吹いたり、この初夏に北風が舞い戻ったりと乱れている。

「これじゃあ、今後の方向がわかりゃしねえなあ」

海の男たちに交じって、不景気で不穏な毎日を季節外れの風にかけて言った男がいる。たまたまカウンターに相並んだ見知らぬ顔である。

潮灼け顔はその他所者に一瞥《いちべつ》をくれたが素通りし、再び自分たちの雑談に戻っていく。

宙に浮いた自分の言葉を前に他所者の男はバツの悪そうな顔をして、そそくさと店から出ていった。

「昼過ぎに網を引き上げるから、見に来るか？」

若い漁師の隣でコーヒーを飲んでいた老人が、出し抜けに私に尋ねた。来る日も来る日も同じ時間にその店で顔を合わせ、目が合えば黙礼、合わなければ店を出ていくときに店内へ向って挨拶を繰り返し、ようやく今日、この誘いを受けた。

老人は、皺の中に目も鼻も埋もれている。この小島に唯一残った漁師一族の頭である。この干潟でしか獲れない魚介類を稚魚のうちに捕らえて、手元に集め置いて育てている。一帯の潮と浅瀬、深みを知り尽くしている。毎朝カウンターに海の男たちが並ぶのは、この網元からその日の海の様子を聞きたいからである。

「四、五日待てば、食い頃だ」

親方が嗄《しゃが》れ声で言う。近海の沢ガニのことである。冬半ばから初夏までのあいだにあっという間に孵《かえ》り、瞬く間に消えていく。親方たちは生まれたてを捕り集め、売れどきに育つまで囲い込む。食べ頃は、成長の途中で脱皮する瞬間である。甲殻がまだ薄い表膜のうちに、溶いた生卵に蒸留酒少々、下ろしニンニクとパセリのみじん切りを加え、そこへ生きたままのカニを放り込む。味が沁みわたったところを見計らって粉を叩き、さっとオリーブオイルで揚げ、熱々で丸ごと食べる。

「美味《うま》いぞ」

皺の奥で、目が「来いよ」と念を押している。

組んであった予定をすべてキャンセルして、網元たちに会いにいく。小さな島である。漁師たちの作業場は島の西側にある。幅狭の運河が島を東西に貫いている。モーターボートが横付けすると、腹回りのある漁師が大きなプラスチック容器を陸揚げしている。相当の重さなのだろう。体格のよい若い漁師ですら、半腰になって満身の力で容器を持ち上げている。

ザワリ、サワリ。

近づくと、容器の中には無数の灰色の小さなカニが蠢《うごめ》いている。河岸に並んだ容器は、ひとつずつ網元の前に運ばれる。股の間に容器を挟むように座ると、間髪を容《い》れず向かい側に同じような年格好の男が座った。向き合った老漁師二人は、黙々と一匹ずつカニを手にとっては、脇に置いた二、三個のプラスチック容器へ投げ込んでいく。大きく育ちすぎてしまったものは、価格が半減する。かち割ってフライパンに放り込み、オイルとニンニクとトマトで炒《いた》めてパスタに絡めて食べる。

網元からオイ、と短く声をかけられて、若者は陸揚げ作業をいったん休止し、小ぶりのボウルを持ってきた。

ザワリ、サワリ。

網元は山盛りにカニを入れたボウルを若者に手渡しながら、二言三言、強いヴェネツィア訛りで何か言った。

「今晩、フランコのところへ行って食うといい」

小島の東に工房を構える船大工のことである。

沢ガニに連れられて、西の端から東の端へ、小島を横に歩く。


（『Ｗｅｂでも考える人』二〇一六年五月十六日）

青に連れられて

東京で、目の覚めるような青い色のバッグを買った。群青色というか、瑠璃《るり》色というか。

その朝、約束に遅れそうで気が気でなく、近道しようと駅前の百貨店内を突っ切ることにした。人混みをかき分けながら歩いていると、前方の売り場に青い点がチラチラと見える。早足でその前を通り過ぎながら、それがバッグだと横目で押さえた。開いた穴から、別天地の空がこぼれ見えているような、印象的な青だった。

立ち止まらず百貨店を通り抜けて、数十メートル。思い直して、回れ右。

これください。

その場でバッグの中身を入れ替えて、待ち合わせ先へ再び向かった。空を飛べるかも、と思うほどその青色は気持ちを高めた。

日本にいる間じゅう持ち歩き、近くにいる人たちは必ずバッグをじいっと眺め、たとえば買い物をして支払いしようとすると、

「なんて明るい青色でしょう」

初対面のレジ係から、ため息交じりに褒められたりした。

日本を発ちパリ経由でニースへ向かう。

パリ空港。テロへの警戒下で同じフランス内での移動とはいえ、荷物や身体検査はますます厳重になっている。激減した旅行者を、増員された保安検査員たちが透視カメラ越しに、探知機を通し、身体に触れて調べている。

荷物検査が終わり、ベルトコンベアーに載って出てきたバッグを手元に引き寄せようとしていた私を、探知機前に立っていた女性の検査員が、

〈触れないで。ちょっと待って〉

というふうに手で制止し、ベルトコンベアーを挟んで反対側に立っていた女性の同僚に目配せした。同僚も、急いでこちらに向かってくる。何を注意されるのか、と不安で立ち尽くしていると、

「ちょっと触ってもいいですか？」

検査員二人は厳しい眼差《まなざ》しと口元のまま、青く輝くバッグの表面にそうっと触れ、

「これ、〈クライン・ブルー〉ですね……。きれいだわ」

一瞬、普通の女性の顔つきに戻って、私にだけ聞こえるような低い声で言った。

空港を出ると、青一色の世界が広がっている。

空、海、ニース。

パリ空港の検査員が、青い色を呼ぶときに出たクラインは、ニース生まれの現代アーティストだった。イヴ・クライン。浜辺に寝転んで空を見ながら、自分だけの青を作ろうと決める。三十代半ばにして夭逝《ようせい》してしまったが、短い時間に〈インターナショナル・クライン・ブルー〉という青い色を創り上げた。

海岸沿いを歩くと、青が追いかけてくる。

ゴミ箱、電灯、ベンチ、貸自転車、建物の雨戸、ビーチパラソル……。

空や海からこぼれ落ちた青が、町の風景を染めている。

二年前からニース市内では、路面電車の路線延長のために大掛かりな工事が続いている。深く掘り、地下水を汲み上げ、コンクリートを流し込む。高くそびえる数本のタンクは赤く塗装され、青い壁が工事現場を仕切る。

青、白、赤。

フランスの三原色が土埃《つちぼこり》とともに町を縦横に貫き、ニースが新しく生まれ変わることを誇示しているように映る。

昨秋のテロ以降、海と空の青をもってしても、町は晴れ晴れとしない。

まだ人出もまばらな砂浜に寝転んで、広い空を見る。

あらゆるものからの束縛を逃れて無限に向かって解き放たれていく喜びを、この町の空の色に託したクラインの気持ちを考える。

ところが今、町なかに流れる国旗の青、白、赤には作為が感じられ、どこかから手綱《たづな》を引かれるような印象がある。

南仏の海の青を辿っていくと、その彼方に色味の違う青を湛《たた》えて海が広がっている。トルコブルー。ギリシャブルー。

各地各様の青を思いながら、いつの間にか自分も浜の青の一部になっている。


（『Ｗｅｂでも考える人』二〇一六年六月十五日）

緑の海を渡る

夏がなかなか訪れないイタリアで右往左往している。居ても立ってもも居られない気分なのは、各地で農業を営んでいる友人知人がいるからだ。この長雨に加えて、突風が吹く日もあれば、急降下する気温で雹《ひょう》が降るときもある。

「閉めていた鎧戸《よろいど》までもが、デコボコに傷んでしまってねえ」

北イタリアの山麓に住む友人が、電話口で途方に暮れている。広くタマネギや葉野菜、果樹を栽培しているが、すでに被害は深刻、という。

シチリア島のオレンジ、プーリア州のオリーブ、小麦にアーティーチョーク。各地のブドウはどうなのだろう。ワイン……。

天を見上げる友人たちの様子と果物と野菜が、交互に目に浮かぶ。

「イタリアの腹を見てきたらどう？」

外回りからミラノに戻り、近所のバールに立ち寄ると、客がそう言った。三十代半ばか、というその男性は南部イタリアの出身だ。彼が店に通い始めた頃、独特のイントネーションが耳について、郷里を尋ねたことがある。プーリア州の内陸部だった。

大学時代に私がイタリアへ来たのは、そもそも南部について調べるのが目的だった。その青年が知らない昔の南部事情を私が話し、私の知らない現況を青年から聞いた。タイムマシーンに乗って、時空を往来する気分だった。以来、青年と会うと、店に立ち寄るわずかな時間分だけ、南部への小旅行を楽しんできた。

第二次世界大戦直後に刊行された、『キリストはエボリにとどまりぬ』（カルロ・レーヴィ著 Einaudi 刊 一九四五年）というノンフィクション小説がある。エボリは、イタリア半島南端近くの寒村だ。最果ての地。イエス・キリストですらエボリを前に立ち尽くした、というほど世の中から忘れ去られた、寂しいイタリアの背景を説いた。南北の格差が激しい半島には、国外はもとより国内にすら知られていない、〈イタリアの恥部〉が存在した。

「今でもほとんど変わっていません。でも、変わらない、ということを見るのもまた意味があるのではないですか」

青年の故郷には、まだ行ったことがなかった。かつてエボリへ向かうとき、遠距離バスで内陸を走り抜け、すぐそばを通っただけだった。一帯の景色が、行けども行けども同じだったのを覚えている。見渡す限り赤い耕地が広がり、悠々として時が止まっているようで、集落も道路も人も動物も見えなかった。天と地のあいだを地平線に向かって、延々と走り続けたのを思い出す。

ミラノからバーリまで、空路で一時間少し。問題はそこからだ。直通の鉄道はない。乗り継ぎ地点から先、日曜には電車が走らない。長距離バスはあるにはあるが、運行時刻も走行路線もよくわからない。何ごとも経験、と鉄道を試したら、目的地に着いたときには、空港に降り立ってから三時間も経っていた。

三時間分の車窓からの光景は、外海を船で行くのとよく似ていた。

窓には、一面の緑。左に右に揺れる麦の波間を電車は一直線に走った。遠方になだらかに延びる丘にはオリーブの樹々が繁り、緑は濃淡を交えて、潮の流れや深さが変わるように見えるのだった。

昼下がりの車内は高校生たちや中年、初老の地元の人たちばかりで、乗客は一駅ごとに入れ替わり、乗り降りのたびに青い香りが流れ込んでは出ていった。

「病気？　害虫？　心配ないねえ」

共に終点まで残った初老の男性に、オリーブやブドウが悪天候で損傷を被っていないか尋ねると、窓の上方を見上げながら肩を竦《すく》めて答えた。

窓の下半分は緑、上半分は青。麦とオリーブの樹々のあいだを抜けて空へと上っていく風を、赤い大地が眺めている。日は天地を照らし、草陰すら明るい。

三時間は長かったのかどうか。気がつくと、頭が空っぽになっている。

イエス・キリストが立ち尽くしたのは、荒寥《こうりょう》とした情景のせいではなかったのではないか。

〈変わらないことの意味〉

青年がミラノの喧騒に溺れず、泰然としている理由を見たように思う。

（『Ｗｅｂでも考える人』二〇一六年六月三十日）

いつでもいらっしゃい

「困ったら、いつでもいらっしゃい。私たちは、移民に慣れている」

国民投票で英国のEU離脱が支持されたというニュースに、大学生や中年の主婦、青果店の主たちがそれぞれ言葉を投げかけている。しかしよくよく聞いてみると、皆が〈イタリアへどうぞ〉と呼びかけている相手は英国に流入した難民たちではなく、英国人なのだった。

「年じゅう悪天候なんだろ？　イタリアで好きなだけ浴びていくといいよ」

陽光のことである。

南部プーリア州の青年が言う。

「EUに残っていれば、『そちらのお天気は？』と遠い異国の人から尋ねられても、『おかげさまで、バルセロナもシチリア島も快晴です』と返事できていたのに、離脱すると、『今日もロンドンは曇天で』の繰り返しに戻るわけでしょ」

欧州をまとめて大枠の中で暮らすということは、端的に言えば、太陽を共有するということ、とイタリア人は異口同音に言っているように聞こえた。

冷えと長雨を心配して、南イタリアを訪れた。友人たちの農作物への被害が心配で、見舞いがてら久しぶりに出向いたのである。

その地プーリア州は、長靴型をしたイタリア半島の踵《かかと》から足首の後ろあたりに位置する。アドリア海を挟んで向こう側に、クロアチアにボスニア・ヘルツェゴビナ、モンテネグロ、アルバニアが並び、南下するともうギリシャである。その先には、トルコ。

古代から、多くの民族が上陸しては北進していくその道程にあり、都度、侵攻され、支配下に置かれ、あるいは奪掠《だつりやく》され、壊滅し、しかし再び息を吹き返す、という歴史を繰り返してきた。どれだけ踏み潰されても、必ず頭を持ち上げる。

「これと同じでしょう？」

農耕者の若い友人は、青い麦の穂を摑んで笑った。

広大な平地。あふれる太陽。漲《みなぎ》る湧き水。肥沃の大地。

攻め入り支配下に収めたときの統治者たちは皆、プーリアの持つ特性を見抜くや、政治と文化は遠く離れた本国で享受し、プーリアは己の胃袋と懐を満たす燃料供給庫として利用してきた。

友人は車を駆って、麦畑の中をさらに奥へと進む。暮れなずむ濃紺の空の裾を、木々の影が線描画のように縁取っている。

異次元の風景に見とれていると突然、道は石畳となり、前方に白い集落が見え始めた。あれよあれよと思う間に、道は入り組み両側から旧い建物が迫る、車体すれすれの幅狭となった。友人はハンドルを切っては返しを繰り返し、最後に半分崩れたアーチ型の石門をくぐり抜けると、

「ここが、君の宿だ」

大聖堂の正面玄関前に止まった。

視界に入りきらないほど巨大な大聖堂は、脊髄のように村の中央を貫き延びている。案内された部屋は、祈禱《きとう》所へと繋がる長廊下の奥にあった。


耳の中で鐘が鳴る。

頭蓋骨まで震わす音に、跳ね起きた。窓の前で、大きな鐘がガラン、ゴロンと揺れている。そうだ、大聖堂に泊まったのだった。

朝食を摂りに部屋から出たとたん、焼きたてのパンに出会う。続いて、淹れたてのエスプレッソコーヒーにも。

そのまま鼻に引っ張られて、食堂に着いた。

「おはようございます。お待ちしていました！」

給仕の女性が掲げた紙皿には、菓子パンが何種類も並んでいる。どれもその人と似て、柔らかそうで福々しい。ふと、乳飲み子のような甘い匂いがする。目をやると、ヨーグルトにリコッタ、ストラッチャテッラ（生クリームの中に繊維状になったチーズが混ざっている）、ブルラータ（表がモッツァレッラ、中にバターへと変わる直前の生クリーム）、モッツァレッラがテーブルの最前列に並んでいる。

「昨晩、絞った牛乳で作った、できたてです」

母牛の乳房に吸い付く子牛になった思いで、チーズを掬いパンに載せて頬張る。

ひと嚙みごとに唸《うな》る私を給仕の女性はうれしそうに見ながら、

「うちの庭からもいできました」

差し出したボウルにサクランボが山盛りになっている。そしてビスケットにスポンジケーキ、アップルタルトに、「フォカッチャとピッツァも、ぜひ！」

その女性アンネッタは、大聖堂の棟続きを所有する貴族に雇われている。ふだんは、〈ご主人様〉のために働いているという。早朝から夕方まで、朝食の支度に始まり掃除、洗濯、アイロン掛け、買い物、銀食器磨き、と働きに働いている。土日もクリスマスもなし。給金はいくらか尋ねると、

「月九百ユーロ（約十万円）です」

でもこれで十分、と言い添え、

「多くの親戚や友人たちが、ここことは違う暮らしを求めて出ていきました。でもね、いくら稼いでも手に入らないものがあるのです」

彼女の控え部屋に通されると、作業机の上には缶入りオリーブオイルやビスケット、パン、パスタがビニール袋に入れて置いてあった。不揃いの大きさや形はいかにも温かで、彼女の手作りだとひと目で知れた。

「毎月こうして、ロンドンに移住した姪《めい》に送ってきたのですけれどね。この先もう、英国の人たちは、自由にイタリアを味わうこともできなくなるのでしょうか。気の毒に……」

（『Ｗｅｂでも考える人』二〇一六年七月十一日）

間違いのない味

昨日まで学生だったのに、ふと気づくと還暦目前ではないか。日本で過ごした時間より、イタリアにいる期間のほうが長くなってしまった。

ときどき自分の帰る先がわからなくなると、今いるところが自分の居所なのだと考えることにしている。それでも言い知れない里心がつくこともしばしばだ。懐かしくて寂しいときに思い浮かべる味がある。それが、そのときどきの故郷なのかもしれない。

「僕ならピッツァだな」

「エスプレッソコーヒーに決まってる」

「トマトだけで和えたシンプルなスパゲッティ！」

ミラノの近所のバールの顔馴染みたちが、食材を思いつくままに並べて喧《かまびす》しい。皆、海外の休暇から帰ってきたばかり。地区内の店の大半がまだ休暇中なので、生鮮食品が思うように手に入らない。スーパーマーケットのトマトは、プラスチックを噛むようで味気ない。真空パックのモッツァレッラチーズは、強張《こわば》ったゴムの食感だ。市場が開く九月まで待てない。恋しい味に再会するために、農家の友人を訪ねることになった。

ミラノは大都市のようで、市街地はそのまま農作地帯へと繋がっている。

「早く、窓を！」

郊外の新鮮な空気を味わおう、とそれまで車窓を全開し車を走らせていたが、大急ぎで閉める。肥料の臭いのせいではない。蚊だ。フロントグラスは、当たって潰れた蚊で黒い点々模様になっている。ただごとの大きさではない。子どもの手の平ほどはあるだろう。

一帯は、イタリア有数の水田地帯である。

田園風景ののどかさと引き換えに、蚊の大量発生に悩まされてきた。化学薬品による駆除は極力避けよう、とこれまでさまざまな対策が取られてきた。イタリアは国をあげて、農薬を少なくしていこう、と取り組んでいる。化学薬品を使えば使うほど果樹野菜が元来持つ生命力は脆弱《ぜいじゃく》となり、土は痩せ、反比例して害虫はよりしぶとくなるからだ。水を抜き取った田の周囲に水堀を作り、産卵に集まってきた蚊を一網打尽にするエコロジーな方法など、そこそこの成果を上げて注目されたものもある。ところがこの近年、〈タイガーモスキート〉と呼ばれる種が大量に発生。デング熱やジカ熱といった感染症を媒介する、〈ヒトスジシマカ〉の俗称だ。

「パリのパスツール研究所とパヴィア大学の生物工学科が協力して、この蚊とウイルスについての共同研究を始めたんだよ」

黒い点々をワイパーで払いのけながら、友人が説明する。二〇一六年の夏前に新たに投下された研究資金は、約一億八千六百万円にも上るという。

「〈Made in Italy〉の未来はファッションやデザイン分野ではなく、食にある」

イタリア政府が国の将来の方向として産業政策をそう打ち出してから、十数年になる。〈大地を守ることは、そこに生育する農作物や生物を守ること。人間を守ること。健全な種を残す。未来は、種と土壌をどう守れるかにかかっている〉

大まかに書くと、そういう骨子の政策である。

イタリア半島は小さく、天然資源も多くはない。数量で他国に立ち向かうのは、ナンセンス。物の品質を問うとき、それを生み出す品格が肝心だ。

欧州連合になって以降各国ごとの意向は伝わりにくいが、遺伝子組み換え農作物や農薬多用化について、イタリアはどの欧州他国よりも先んじて、

「絶対に認めない」

と、宣言してきた。有機農業組合の事情通にその理由を尋ねたら、

「遺伝子組み換えで大量生産して飢餓や貧困を救おうだなんて、欲を偽善で覆った傲慢な話だ。人類と地球に無害かどうか、たかだか数十年の実験結果でわかる？　発明したのは、人間でしょう？　人間は間違える生き物です」

きっぱり言った。

さて、農家の中庭に車を駐めると、甘酸っぱい匂いに取り囲まれた。作業テーブルの上には、水洗いした採れたてのトマトが山と積まれている。流れ作業で次々と皮やヘタを除き、ぐいっと握り余分な水気を絞り捨て、実を挽いて潰し、色付きのガラス瓶に詰めていく。村祭りのときに厨房で使う大きなアルミ製の鍋にダンボール箱を切って瓶の下と間に詰め、水を張り、数時間グラグラと煮る。

半日がかりでトマトの瓶詰めを終えると、昼だ。集まった近隣の人たちが、発酵して膨らんだ小麦粉の生地を力づくで練っている。

中庭の一角には、巻き上げた麦藁や剪定《せんてい》して払った果樹の枝、森林で間伐した木がうずたかく積み上げられている。すぐ脇の壁の鉄製の小さな扉を開くと、深い奥には轟々と炎が見える。

友人は、積み上げられた枯れ枝や藁を摑み、炎に向かって投げ入れている。照り返しでこちらの顔まで火照ってくると、彼は長い柄の金《かな》ベラを使って、練って伸ばして具を乗せた生地を釜の中へ押し込んでいる。

入れて、二分。

生地の上で、トマトは煮えたってそのままソースに変わっている。トロリと縁へ流れるのは、今朝できたてのチーズだ。足元に生えるバジリコの葉をちぎり置く。焼き立てのピッツァの上で、強烈な草の香を放ちながら葉が揺れている。真っ赤なトマトと純白のチーズとともに踊っているように見えた。

（『Ｗｅｂでも考える人』二〇一六年八月二十五日）

時を超えた宝もの

最近、観光客が多すぎる、とか、ゴミだらけ、とか、冠水で町が沈む、など愚痴ばかりのヴェネツィアの友人が、

「新名所ができたので、ぜひ見にきて！」

と、誇らしげに連絡をくれた。大型商業施設だという。

中世からの豪華絢爛《けんらん》な遺跡に囲まれて暮らしていると、鉄筋コンクリートとガラスできた、無機質で未来都市のような空間は憧憬なのだろう。最近イタリアでも、郊外の畑の真ん中に忽然《こつぜん》と大型ショッピングセンターが建築されている。映画館やゲームセンター、レストランや美容院に遊技場も備えて、手軽な週末の外出先として子ども連れや若いカップルに人気だ。

自慢の新商業施設もきっとそういう類なのかと思っていると、場所はリアルト橋の袂《たもと》だという。

ヴェネツィア本島を二分するように大運河が流れ、ちょうど真ん中の地点にリアルト橋

は架かっている。ヴェネツィアを訪れる人たちはまずリアルト橋を目指し、そこからそぞろ歩いてサン・マルコ広場へと向かう。観光客が群れる通りには、立錐《りっすい》の余地なく商店が軒を並べている。ガラス細工や仮面、ピッツァや絵葉書、Tシャツに皮革製品など、似たりよったりの土産物を売っている。数知れない路地があるヴェネツィアで、リアルト橋からサン・マルコ広場へのこの道が最も人通りが多く、商売の激戦地区である。

いったん商権を手にしたらけっして放さない店舗が並ぶこの地区の、いったいどこに大型商業施設を造るほどの余地があったのだろう。

半信半疑で訪ねてみると、リアルト橋を渡ったすぐそばの細い通りに面して改築が終わったばかりの建物があった。四階建てか。抜け道のような細い道と目抜き通りの交差する角を占めるものの、表から見るにそれほど荘厳な印象はない。

そういえばこの数年、外壁に工事用の足場が組まれ、埃除けのシートで覆われていたのを思い出す。

小道に面した二辺には、小さめのショーウインドウが二つ、三つ。目立たない入り口は、百貨店のようなありふれたガラス扉である。入っていく人はほとんどいない。ガラス扉越しに店内をのぞき込み、高級なガラス製品や宝飾品が並ぶありきたりな様子に少し拍子抜けした。

中に入らず引き返そう、と思っていると、おもむろに目の前のガラス扉が開いた。黒い制服の男性店員が恭しく黙礼し、私が中へ入るのを待っている。回転扉のように、絶妙の間合いで一人ずつ迎え入れては一人送り出している。

入ってみて、驚いた。

〈五つ星のホテルのよう〉

表から見えていた建物の二辺は、ごく一部にすぎなかった。四辺に囲まれた中央は、吹き抜けの広い空間になっている。四辺には回廊が巡り、食品から高級衣服、時計や貴金属まで、さまざまなショーケースが並んでいる。店員たちは、モノトーンの制服で恭しく窓際に控えている。えんじ色に近い深みのある赤、ヴェネツィアン・レッド色のエスカレーターが上階へ延び、金色に塗られた壁も見える。低い照明は間仕切りを抜けて、床にアラベスク模様の影を投げかけている。各階からはパティオに向かって、各売り場の案内を織り込んだタペストリーが掛かっている。かつてオスマントルコの来賓を歓迎するとき、窓からタペストリーを垂らしたように。

建物の名前は、『フォンダコ・デイ・テデスキ』という。建立は遡ること、十三世紀。トルコからの商材を扱った、ドイツ商人たち専用の倉庫だった。一階から地下に商材を置き、商人たちは上階に宿泊した。ヴェネツィア共和国の主要な収入源は、商材の売買による利益よりも、入港して取引される商材への関税だった。中でもドイツ商人たちは辣腕で、飛び抜けて貴重で高額な荷を大量に売りさばいていた。トルコから買い付けてきた胡椒《こしょう》をはじめとする香料に金、銀、貴石である。交易業者たちの密輸密売を阻止するために、ヴェネツィアは各国ごとに商人たちを囲い込んで滞在させ、宿泊料と商材への関税を徴収した。

〈フォンダコ〉は、アラブ語が語源で〈宿屋〉という意味である。この建物は、〈ドイツ人の旅籠《はたご》〉。最も高額な納税者だったドイツ商人たちをヴェネツィアの一等地へと招待し歓待するように見せかけて、実はその一挙一動を監視したのだった。

改築して十月に披露されたばかりの、売り場床面積六千八百平米にも及ぶこの商業施設には、現代のヴェネツィアを象徴する上質の商品が厳選されて並ぶ。それは、中世この建物の中で、ドイツ商人たちが当代最高のものを取引した歴史になぞらえてのことだ。

十八世紀にヴェネツィア共和国が倒れたあと、長らく〈ドイツ人の旅籠〉は閉鎖されたままだった。再利用したのは、ムッソリーニである。彼は、建物ごと郵便局に改築した。彼にとって、自分の時代を象徴する最高のものは、情報拠点だったのだろうか。

屋上に出ると、眼下には三六〇度のヴェネツィアが広がっていた。

時代を超えて変わらぬ最高のもの。それは、ここに立つ、ということだったのではないか。

（『Ｗｅｂでも考える人』二〇一六年十一月十八日）

粋なプレゼント

十二月七日、町の守護神の祝祭日とともに、ミラノはクリスマス一色となる。この日を境にあちこちにイルミネーションが灯り、夕焼けと入れ替えにいつもと違う夜景が広がる。照明を受けて浮かび上がる町に気持ちは華やぎ、そしてまた、わけもなくもの寂しい。しみじみ思いにふけっている暇はない。仕事仲間に近所の人々、遠くに住む親戚もクリスマスには勢揃いする。友人。その子どもたち。友人の連れはどうしよう。二十五日までに会う人を考える。縁と気持ち、義理の度合いを計って、贈り物を探しにいく。

商店は手ぐすねを引いて待っている。イタリアの多くの企業は、十二月に一カ月分の給与に相当するクリスマス手当を出す。

「夫でしょう、子どもたちでしょう、それに私の両親に義理の両親、妹に義理の兄弟二人分、甥《おい》に姪、今年は従兄弟《いとこ》たちも来るらしいし。休暇前に、会社でもクリスマスパーティーがあるから、上司や同僚にも必要よね。子どもの担任の先生。えっと友人はね……」

残るか、逃げるか。

家族だけで前倒しでクリスマスを祝い、旅行に出かけてしまう人もいる。旅先で知り合いに出会《でくわ》さないように、できるだけ遠くへ飛ぶ。

「義理の贈り物を探すストレスを考えれば安いもの」

親も子も連れもいない知人は、イヴさえ待たずにすでに空の人だ。

旅行代理店は大忙しである。クリスマス準備の時期には、アメリカ行きパッケージがよく売れる。ブラックフライデーめがけて、贈り物の買い付けに行くためだ。舶来製で、しかも価格不詳ときている。箔《はく》が付くうえ安上がり、ということもしばしばだ。東欧や北アフリカも人気が高い。仕入れ価格が安いうえ、そこそこ近いのに異国情緒たっぷりだからである。

それが終わると、贈り物合戦から逃れる人たち向けのパック旅行売りが始まる。トロピカルな行き先でも、クリスマス当日を日程に組み込むと割安になるものも多い。

しかし高飛びするのは、まだまだ一部の人たちのこと。大半は、喜びと悩み半々を抱えてこの時期を暮らす。

五年前から、ミラノ市民に特別なクリスマスプレゼントが届くようになった。送り主は、市長だ。

贈られる品は、一点の絵画である。ふだん一般公開されていない名作や、遠いところに所蔵されていて簡単に鑑賞できない作品が選ばれて、ミラノ市庁舎の迎賓ホールに展示される。年は変わっても、テーマはただひとつ。〈聖母〉である。

家族の心のよりどころである母親のもとへ皆が集まるその日を祝い、年ごとに市長は〈イタリアの母なるもの〉を贈る。

冷え込むと零下も珍しくないこの時期に、雨や雪、寒風を耐えて市役所前にできる長蛇の列に胸を打たれる。幼い子ども連れの人。教師に引率された小中学生たち。老いた人。外国人。地方からわざわざ来る人もいる。皆、足踏みしながらじっと待つ。二時間を超える日もある。行列ができるのは、一度に十数人ずつしか入れないからである。一点だけの鑑賞になぜそれほどの時間がかかるのか、と初年度は訝《いぶか》しく思った。

中に入ってみて、そのわけがわかった。グループごとに案内人が付く。揃って、二十代。大学で美術史を専攻した、若い専門家たちである。まるで初めて作品と対面するように声を弾ませ、作品についてはもちろんのこと、描かれた時代の暮らしや同時代の芸術家たち、後世の美術への影響など、熱心に説明してくれる。

「どうぞよいクリスマスとお正月をお迎えください」

展示場の出口まで訪問者たちを送り、若者は充《み》ち足りた面持ちで挨拶した。とたんに、清らかな気持ちが胸いっぱいに広がった。

それこそが粋な贈り物なのだ、と気がついた。

（『Webでも考える人』二〇一六年十二月十四日）

木は見ている

出先からミラノへ戻り、気がつくと窓から外を見ている。眼下には、大きな広場があり、市を同心円で回る数本の環状道路と郊外へと延びる放射道路が、この広場を通り抜けてる。同じ路上を路面電車も東西南北に行き交う。通行人の流れが加わって、ミラノの鼓動そのものだ。

窓の中に一点、じっと動かず広場を眺めているものがある。

ナラの木だ。

広場は、〈五月二十四日広場〉と呼ばれている。一九一五年五月二十四日、イタリアは第一次世界大戦に参戦した。ミラノのこの広場のある地区からも、たくさんの若者たちが出征した。戦後一九二四年、生還しなかった兵士を祀《まつ》るために記念碑が設置され、その脇に苗木が植樹された。植えたのは、一兵士の父親だった。

ミラノの冬は長く、日照時間は少ない。夏にはアフリカからの熱風が吹き込み、四十度を超える日もある。植物が生き延びるには、たやすくない気候だ。けれども、苗木は枯れなかった。植樹した父親は記念碑を詣で、丹念に木の世話をした。声をかけ、水をやり、肥料を添え、剪定して雑草を抜いた。

〈どうかよろしくお願いします〉

父親は木をミラノ市に託して、逝った。

そして今、ナラの木はロンバルディア州で最大の樹となって、枝を四方に広げている。落雷で幹が二つに裂けたこともあった。ヨーロッパじゅうの樹木に伝染したカビにやられた夏もあった。馬車から自動車の時代となり、広場は排ガスで充満した。ミラノが発展し人口が増え、それにつれて地中には電線、ガス管、下水管が網目のように広がっている。それに根がつかえ、大気汚染と栄養不足で枝は曲がり、木は古傷を抱えて傾き始めた。それでも倒れなかった。

やがてミラノ市は、

〈いかなる理由があっても、伐採してはならない〉

という特別条例を制定した。五月二十四日広場のナラの木のために。

十二月に入ると間もなく、落葉樹の大木は葉を落とす。自らの枯葉の上に堂々と立ち、天へ向かって黒い裸の枝を伸ばして冬を耐える。毎朝エスプレッソコーヒーが沸き上がるのを待ちながら、窓から広場を見る。黒い線画のような大樹を見ると、多少のことでへこたれている場合ではない、と奮い立つ。

そして突然、一夜のうちに裸だった枝に新芽が一斉に生える朝がやってくる。路上は霜に覆われて白く、吐く息も凍りつくような寒さでも、大樹は春が来たのを知っている。

二〇一五年に開催された万博で、この広場も全面的に改修整備された。長い時を経て歪《いびつ》に拡張して人や車の動線を乱し、〈新しいミラノ〉にそぐわなかったからだ。数百年前から変わらなかった敷石は撤去され、アスファルトと新建材が敷き詰められた。運河沿いの街路樹は、あっという間に根元から伐採されてしまった。市民が口を挟む間もなかった。再開発の名のもとに見慣れた緑が処分されてしまい、住民たちは自分たちの過去もいっしょに切り取られてしまったように感じた。

「緩んだ石畳が鳴ったり、街路樹の根に押し上げられて路面が凹凸になるのもひっくるめて、ここに暮らすということでしょう?」

広場に面した建物に何世代にもわたって住んできた人が、哀しそうに言う。

ナラ*の大樹はただ一本、伐採を免れて今日も広場に立ち続けている。その枝にも幹の深い裂傷痕にも、大樹が見てきた人々の暮らしの歴史が刻まれている。

〈いかなる理由があっても、伐採してはならない〉

周囲の街路樹を撤去した市は許しを乞うように、新しく通す道路の幅を狭めてその分、大樹の周囲の余地を広げた。

戦いに散ったのは、兵士ばかりではない。大樹は今、これまで共に人々に潤いと木陰を作ってきた緑の仲間たちも追悼している。

（『Ｗｅｂでも考える人』二〇一七年一月十三日）

＊二〇二二年、ナラの大樹は病気で枯れてしまった。代わりの木が植樹される予定だという。

枯れてもヴェネツィア

雨も少なくそこそこに暖かい日が続くので、ミラノの今冬は楽だなあ、とほっとしていたところだった。

年末年始の飲み食いに疲れ果てて、昼食にはミネストローネでも作ろう、とベランダに出てみると、軒先にぶら下げておいた野菜が凍っていた。いよいよ厳寒がやってきた。

二年ほど前からイタリアでは、十一月以降は高速道路に入るとき、区間や天候に限らずスノータイヤを積んでいないと罰金が科されるようになった。平地から山間を抜ける高速道路には、冬のさまざまな悪条件が待ち受けている。凍結したカーブに、気温が少し上がるとたちまち降りてくる濃霧。霙《みぞれ》に吹雪。凍結した路面が緩み始めるとき。年末年始の俄《にわ》かドライバーや酩酊《めいてい》運転など。冬、車での外出は不便と危険がいっぱいだ。かといって、家に籠もってばかりいるわけにもいかない。ネタを探しにいかなければ。

外出を思案していると、携帯電話に写真が届いた。

〈今朝。零下七度〉

と、表題が振ってある。ヴェネツィアの青果店主からだった。

朝五時に、仕入れてきたアーティーチョークを店先に並べて、次に出てみたら凍結していた、という。

「待ってるから、早くいらっしゃい！」

寒中を見舞うと、電話口の向こうから威勢よく返された。

赤いプラスチックケースの中で、白いアーティーチョークとパセリが新鮮な緑色のまま凍っている。氷の中のイタリア、か。


冬のヴェネツィア。

わざわざ寒さの底を選んで行くのは、詩的な理由でもなければペダンチックなわけでもない。カーニバルの祭典を控えたこの時期、人出も減り、店も宿も休業で閉まり、ふだんは移住や長期航海でヴェネツィアを離れている人たちも休暇で里帰りするので再会できるからだ。観光客でごった返すヴェネツィアが、やっと地元の人たちのもとに戻ってくる、数少ない期間なのである。そして何よりヴェネツィアは、やれ凍結だ濃霧だとややこしい車に頼らずに、自力で好きに動ける場所だからでもある。

ミラノではたとえ零下になっても、襟元と足首をしっかり閉じて帽子と手袋、底の分厚いブーツを着用すれば、たいていの寒さはしのげる。

ところが、ヴェネツィアの寒さは別ものだ。湖畔や河川縁《べり》、北や西に面した海沿い、あるいは島に住んだことがある人なら知っているだろう。干潟を吹き抜けていく風が、水面をなぞり湿気を抱えたまま体当たりしてくるようなあの冷たさは独特だ。

厳寒用のコートを出す。ノルウェー製の船乗り用だ。船舶関係の専門店で購入した。表側の一枚目は、防寒撥水《はっすい》加工されてあるうえに、フードや袖口、裾回りをぎゅっと締められるようになっている。中側にもう一枚重ねてあって、羽毛が薄く伸ばして入っている。脇から背中には着る人の体温でコートが温まる新素材が織り込まれている。内側の一枚のファスナーを上げスナップボタンを留め、さらに表側のファスナーとスナップボタン、面ファスナーを留めると、

「そのままシャワーの下へ行ってもびくともしませんから」

専門店の店員は、そう言って勧めた。

その上からさらにマフラーと帽子、手袋を着けるとボンレスハム状で、自分の足元を見るのも大変だ。

加えてヴェネツィアの冬は、冠水することが多い。島のあちこちから水が浸《し》み出し、海抜の低い地区では大人の膝上まで水が出る。重装備のうえに、膝までのゴム長も履くことになる。

完全防備で干潟を渡っているのに、どうもいつもと様子が違う。鉄道の駅や水上バスの

停留所で、冠水警報を確認する。

〈本日は、十九時にマイナス三十センチ〉

退水である。

大運河に面する荘厳な建物が、痩せた基礎支柱を見せて頼りない。水苔《みずごけ》や海藻がこびりついたまま乾いているのを見ると、この数日間、退水は続いているのだろう。

ふだんは深緑色の水が流れていて深さはわからないが、もともと一部の運河を除いてはどこの水位も一メートルに満たないのだ。海抜マイナス三十センチまで水が引いて、川底が見えている。

冷気とともに北風は、腐臭を連れてくる。

水が引いてしまうと、水上バスが文字通り立ち往生する路線が出る。

船は、冠水でも橋の下を潜り抜けられずに止まり、枯れても止まる。

「それでは、水がなくなった運河を歩いて渡ればいいじゃない。ロマンチックねえ！」

羨ましがるミラノの友人は、数世紀前からヴェネツィアの運河が下水道も兼ねているのを忘れているのだろうか。


（『Ｗｅｂでも考える人』二〇一七年一月二十七日）

トリエステの北風

一月から過酷な寒さが続いている。ヴェネツィアの北岸には、とうとう流水まで着いた。夕方から干潟に雪が舞い始め、闇の中に白く浮かび上がったヴェネツィアは黄泉《よみ》の国のようだ。

「水が枯れている間は、アルプスに雪が降らない。冠水となれば、雨や雪が降るぞ」

離島の漁師が言っていた通りとなった。

冠水に町が沈むこの厳寒期には、〈ボーラ〉と呼ばれる北東からの強い季節風が吹く。ギリシャ神話の四柱の風神のうちの、北風の神ボレアースから名付けられた。

クロアチアのラブ島あたりで、ボーラは発生する。アドリア海を北上しながらさらに力を溜め込み、一気にイタリアやトルコ、ギリシャへと吹きおりてくる。雪の一夜から雨に変わったヴェネツィアに、このボーラが吹き荒れた。干潟へやってくると冬の風は分かれてとぐろを巻き、路地へと吹き込む。両方向から流れ込んできた風がぶつかり、唸る。ヴェネツィアの冬の慟哭《どうこく》だ。

溶け始めていた雪は橋や路地を覆ったまま一瞬にして凍り、町ごとスノーグローブに閉じ込めたような景観だ。

漁師に、以降の天気予報を訊く。

「これから五、六日間、ボーラは収まらないな」

重いブーツに履き替えて、電車に乗った。国境の町トリエステに行くのだ。

トリエステは、イタリアの北東部にありスロベニアとの国境を成す。複雑な歴史を背負っている。山側からも海側からも多数の民族が通り抜け、侵略し、統治し、奪略し、繁栄した。イタリアだがイタリアではない。住んでいる人たちも、他のイタリアの人たちもそう見ている。イタリアだがヴェネツィアから直行電車もあり、二時間ほどの距離だが、遠い地だった。

〈風が吹いたら、行ってみよう〉

トリエステには、時速一五〇キロメートルにもなるボーラが吹く。簡単には歩けず、広場や主要な通りには飛ばされずに歩けるように伝い綱が張られる、と聞いていた。

ラブ島出身の友人は、

「生まれたてのボーラが島から海へ駆け抜けていくときに、根こそぎ引き抜いてくる木々がまるでつま楊枝《ようじ》のように空から降ってくるのよ」

自慢げに言った。

今吹き続けているのは、雨や雪混じりの〈黒い風〉ではなく、晴天の中を吹く〈明るい風〉だという。

ヴェネツィアから国境に近づくにつれて、車窓の眺めも車内も次第に異国化していく。そもそも乗客の身繕いが、南極探検隊並みだ。女性はおしなべて黄色に近い金髪で、どことなく化粧の仕方が古い。あまり明るい表情ではなく、すぼめた口で早口に話す言葉はスロベニア語か。クロアチア語か。途中、黒々した地面に枯れ木の林が続く一帯の駅で、一人降り、二人降り。

がらんどうの急行電車がトリエステに着く。風圧で電車の扉が開かない。観音開きになっていないのは、開けたとたんに風で扉が押し返されて事故の原因になるからだろう。乗客三人がかりで、声を掛け合って力ずくで扉を開ける。

ピィウウウー。

流れ込んできた風で車両がゆさりと傾き、扉の前で私たちは息が吐けない。

荷物がある人は幸いだ。重さで足が地にうまく着くからである。私は荷物なしのうえに犬連れで、リードで引いているとそのまま凧《たこ》のように宙に舞い上がりそうな勢いだ。フードや帽子は、あってもないに等しい。前傾姿勢で犬を胸元に抱きかかえ、長身で幅広の男性乗客を盾にして、ようやくのことで駅を出た。

大きな正方形の広場。堂々とした通り。天を突く建物。

イタリアの匂いや温もり、湿り気は、ここにはもう感じられない。

強烈な風が襲い続ける。友人は慣れた様子で、直進したり曲がったり、通り抜けできる建物と建物の間を縫うように歩いていく。風の方向を見ながら、向かわず背に受けるように選んでいるのだ。これまでの数日のうちに、取れかけていた看板や弱っていた街路樹、さまざまなゴミはすでに風で剝ぎ取られている。

伝い歩きをしながら、カフェや食堂に入る。入っては出て、を繰り返して町を回る。トリエステは、カフェの町でもある。

〈文学喫茶〉と呼ばれる、書籍コーナーを設けた店がある。二重三重の頑丈な扉を開けて入ると、店内はカカオと砂糖の匂いに包まれて深閑としている。ボーラなどどこ吹く風、だ。平日の昼下がりには過分な装いの婦人たちが、あちこちのテーブルに着いて談笑している。新聞を読む初老の男性がいれば、スーツ姿で黒革のアタッシェケースを脇に置いて分厚い書類を前に話し込んでいる中年男性二人もいる。

ミラノや他都市のバールのように、駆け込んで注文し、エスプレッソコーヒーを立ち飲みして急ぎ足で出ていく、という客はいない。強風に押されて出てきた人々がカフェに集まり、空間と時間を共有している。カフェは優雅な店内だが、嵐の中の避難所のような、独特の緊張感と同じ船の仲間のような気配がある。

……フリーメイソンのイタリア大東社の大親方が他界した。
波止場のワイン倉庫を改造してできた高級食材店が、大繁盛。
そのお披露目パーティーに来る貴族たち。
トリエステを舞台にしたミステリー小説が刊行されるらしい。
ペギー・グッゲンハイム・コレクションの館長がとうとう退任。更迭、か？
サン・ダニエーレの生ハムメーカーが、フランス資本に買収されたって……。

風に押されて店を変え、各店で知人の知人を紹介されて雑談し、話が次の話を引き出す。増えた知己が新しい接点を連れてくる。聞いた話を次の店で話すと、別の話が返ってくる。それぞれの連れが、別々の店で話を拡散する。

トリエステに吹く風は不要となったものを一掃し、新たな商材を吹き入れてくる。にせ物か本物か。カフェは一見、安全地帯のようで、実は情報とその提供者、共有者の取捨選択の空間のように見える。

トリエステの前市長は、市内に本社を置く、コーヒー豆焙煎のメーカー社長だったのを思い出す。

（『Ｗｅｂでも考える人』二〇一七年二月十日）

ミラノの椰子の木陰で

他都市より一週間遅れのカーニバルを控えたミラノでは、少しずつ日照時間も長くなり、町が浮き浮きしている。三月の最終日曜日から、夏時間も始まる。あともう少し。春よ来い、早く来い。

〈ドゥオーモ広場にバナナを買いにいくの⁉〉

ヴェネツィアの青果店の店主から、メッセージが入った。

いいや、近所の市場で買うのだけれど？

と、返すと、

〈本当かどうか、今すぐドゥオーモまで行って見てきて！〉

昼のテレビニュースで、ドゥオーモ広場に椰子《やし》の木が植えられた、と伝えていて驚き、ネットを見るとこの話題で騒然としているという。

急いで行ってみると、ドゥオーモ広場は南国になっていた。

イタリアでは一大事が起きると、

「さあみんな、広場に結集しよう！」

「これで〈広場の一掃〉だ」（紛《まが》い物と亜流は消え本物と主流が残る、というような意味）

「広場の声を聞こう」

「広場を占拠する」

「今、広場では何が起きているの？」

などと言う。〈広場〉は人々の暮らしの中核にある。それは、古代ギリシャを見習った、古代ローマ時代からの町作りが礎になってのことだ。ミラノに限らず、イタリア半島のどの町に行っても中心となる広場がある。広場を拠点に四方八方へと道が延び、町なかを縦横に縫う。町の心臓である広場から、隅々へ熱い血が送られていくのを見るようだ。


広場で見聞きすることは、そのとき町で起きていることのレジュメであり、またこの先、町なかへと広がっていく流行の源でもある。よいことも悪いことも、広場から。電話や新聞、テレビなどの通信手段がない時代から、広場は情報が拡散していく起点であり、攪拌《かくはん》されて新しい情報を作り出す役目を果たしてきた。そういうわけで、人々は無意識のうちに、広場で起こることをじっと見ている。

ミラノにはいくつも大きな広場があるが、一番重要なのは円形の町の真ん中にある、このドゥオーモ（大聖堂）広場だ。大聖堂は、高さ百八メートル、奥行き百五十八メートル、幅九十三メートルという世界最大のゴシック建築である。最後の尖塔が完成したのは一三八六年に起工してからほぼ五百年後だった。ドゥオーモ広場の面積は、一万一七〇〇平方メートルもある。王宮と大聖堂、スカラ座、証券取引所へと繋がる金融街が、広場を取り囲んでいる。時の権力、宗教、芸術、経済が広場に集まり、町を支え、新しい流れを生み出してきた。

回廊を持つ重厚な建物が、広場の周囲を縁取っている。かつてこの壁面は、ミラノで最も効果のある広告スペースだった。戦後長らく、時代の寵児《ちょうじ》である内外の企業が、競って進取の電光掲示板や広告看板を掲げたものだった。その眺めは、ミラノの鼓動そのものだった。

景観を損ねる、という理由で、周囲の建物の壁から広告の看板が消えて久しい。その代わりに、ミラノ市はさまざまな催しにドゥオーモ広場の利用を認めている。毎年、ミラノで一番華やかなクリスマスツリーは民間企業がスポンサーとなり、ドゥオーモ広場に置かれる。年ごとに変わるスポンサーを見て、その好調ぶりを知るのである。

そういう広場に、椰子の木が忽然と現れた。もともとその一角は、競合に勝ったスポンサーが植樹し世話をしてきた緑地である。一年のうち半分が曇天で寒く、夏は夏で四十度を超えるミラノである。広場は石畳で、冷えも照り返しも厳しい。せっかくの常緑樹の植木は、たいていしょんぼりとうつむいて生えている印象だった。

「何も南国の象徴のような椰子の木を植えなくても」

今回の競合に勝ったのは、アメリカ系の有名なコーヒーチェーン店である。長い折衝の末ようやくイタリア進出が叶って、近々にミラノにイタリア進出第一号店が開店する予定である（予定より一年遅れて、二〇一八年九月に開業）。この緑のスポンサーは、椰子の木に続いてバナナの木も植樹するという。

歴史を遡れば、一八〇〇年代にもドゥオーモ広場には椰子の木が植わっていたことがある。突飛なようで、そうではない。

ところが、皆は驚いた。北イタリアだけ独立しよう、と掲げて市民運動から政党になった北部同盟やそのシンパたちは、

「ミラノのアフリカ化は許さない！」

と、巨大なバナナの風船を掲げて大抗議した。すると、

「うちにもたくさん自然に生えてるぞ。何が悪い」

リグリア州の海沿いの町やシチリア島から声が上がる。

「寒いミラノに南国育ちの椰子の木を持ってくるなんて、植物虐待！」

ヴィーガン（純菜食主義者）たちは、もう非難囂々《ごうごう》である（調べてみると、植樹された椰子は寒さに負けない品種らしいけれど）。

批判は批判を呼び、人種差別、格差社会、ミラノへの侮辱《ぶじょく》、破廉恥なセンス、など文句

や論争の広がりは止《とど》まるところを知らない。椰子の木を除去するよう、市への嘆願署名も集まっているらしい。ニュースで流れたその日の夜中に、椰子の木に放火する悪党も出て、文字通りの炎上騒ぎとなった。

この記事がアップされるのは、三月十日頃である。植樹されて、ひと月ほど経った頃だ。うららかな日差しを受けて、ドゥオーモが純白に輝く頃である。今年、椰子の木やバナナの木に出番が回ってきたのなら、闇雲に嫌ったり引き抜いたり火を付けたりせずに、広場の新しい光景の一部を担えるよう見守ってやってはどうか。椰子の木騒動が持ち上がるまでは、広場の緑のことなど考えたこともなかった人が多いのではないか。

真夏のミラノのど真ん中で、木陰で涼を取りながらアイスコーヒーで異国情緒を味わう、というのが、しばらくのあいだ流行《はや》りになるのかもしれないし。

広場に人々が集まって喧しいのは、町が生きている証かと思う。

（『Ｗｅｂでも考える人』二〇一七年三月十日）

イタリアの島、瀬戸内海の島

過日、日本に帰っていたときのこと。南部イタリアの農家から頼まれて、日本の小麦粉事情について調べていた。面白そうなパン屋特集の雑誌が目に留まり注文したものの、二、三日後に迫っていた出張出発までに配達が間に合うかどうか。版元へ急ぐ旨を知らせると、だいじょうぶ、届けます、との返事がすぐに来た。

〈ところで、同姓同名の人違いならばお許しを〉

と追記で、今、編集部で読んでいる本の著者名と同じなのだが、とあった。件の本は私の書いたもので、その偶然にびっくり仰天。版元は、瀬戸内海をテーマにした雑誌を刊行している。小豆島で、オリーブ栽培が始まってからもう百年余。オリーブの果実やオイルの利用法について何か情報はないか、とイタリア関連の資料として拙著を手に取ってくれてのことだったのだろう。

自分たちの書籍がお互いの参考資料となるのも、何か不思議な縁あってに違いない。

小麦粉がパンを、パンがオリーブを、オリーブが瀬戸内海を連れてきた。春の瀬戸内海へ行ってくることにした。

私は神戸で生まれ育ったのに、目の前の瀬戸内海も島々もゆっくり訪ねたことがなかった。海沿いを電車で行くときに、車窓から穏やかな海に浮かぶ島々、橋、船に見とれるばかり。山陽の海沿いに住む者にとって、瀬戸内海の眺めは自慢の借景だ。外周が百メートル以上の島が、七百二十七ある。そのうち人が住んでいる島だけでも、百五十七あるという。

どうせなら、と海から行く。三宮《さんのみや》で電車を下りて、船に乗り換える。内海を行くというのに港で汽笛を耳にすると感傷的な気持ちになって、まるで遠洋へ出ていくような気分だ。潮の香を吸い込んで、出航。波は立たず、風もない。陸の騒音が消え、船のエンジン音が響く。港からしばらくの間、カモメが何十羽も船について飛んでいる。甲板のほうをときどき見ながら船首まで行っては迂回《うかい》し船尾へ戻り、再び追いかけてきて上空を旋回している。餌を待っているのだろう。オフシーズンの平日、昼下がりの便で、船内はのんびりしている。

ゆっくり島々が近づいてきては、また遠ざかっていく。その間を縫って船は行く。

「ギリシャに似ているでしょう」

瀬戸内海出身の人が言っていたのを思い出す。そうだろうか。

ここの島々は緑が深く、木々が海から生え出ているように見える。広大な森林のある別の世界が、海底にあるような印象だ。

一方、ギリシャの島々はたいてい石や岩だらけでゴツゴツと渇き、太陽はギリギリと強烈だ。ギリシャは雄々しく、瀬戸内海は悠々としている。ギリシャの海に出ると〈さあ前へ〉と気持ちが高まるが、瀬戸内海を行くとほっとする。

イタリアで手付かずの情報源を探すとき、電波や鉄道、道路が届きにくいところへ行くことが多い。行き先の多くが、島嶼《とうしょ》部だったり山間部だったりする。島へ渡ると初めてのところでもひと息吐く気持ちになるのは、日本が島国だからだろうか。離島を超えて秘島と呼ばれる、船すら近づきにくい島も多い。それでも古代から船が立ち寄り、守る人がい続けるのは、そこに人を呼び寄せる何かがあるからだろう。それは水源だったり、豊かな漁場、鉱物や塩、神聖な気配だったりする。

同じ島という範疇《はんちゅう》でありながら、暮らしてみるとシチリア島とサルデーニャ島、ヴェネツィアの干潟内の離島などの住人や暮らし方から受ける印象は、十島十様だ。古からの航路で島に何が運ばれてきたのかで、その後の歴史も住民の気質も大きく異なる。

異教徒の通り道だったイタリアでもとりわけシチリア島は、踏みしだかれるのに慣れている。踏まれたあとにどう立て直すか、に長《た》けている。難局を乗り越えてきた誇りは、島外者には唯我独尊と映ることも多い。シチリア島には温情家が多いが、島出身でない人には通じない直截《ちょくせつ》な視線があり、熱い挨拶がある。

サルデーニャ島は、紀元前九世紀のフェニキア人の航海時代から重要な航路上にあったというのに、島民は海から離れて暮らしてきた。異物と交じわらない。内陸には険しい山や原生林があり、荒野の広がる一帯もある。潜むように、群れずに暮らしてきた。人口は未だに少ない。簡単には妥協せず、頑固。付き合いはじめは疲弊するが、いったん気が通じると堅牢《けんろう》な信頼関係は一生続く。

ヴェネツィアの周辺の島々は、海でもなければ大地でもない干潟にあって、明日のことはわからないという刹那《せつな》感に満ちている。島民たちは、外からの客人から瞬時に効率よく利益を得ることを考えて暮らしてきた。虎視眈々。どちらが先に沈むか、島内の空気は駆け引きに満ちている。カモメすら射抜くような目つきをしている。

なだらかな丘陵地帯のような瀬戸内海を渡り、島々各様の暮らしを想像する。波風立たない内海にもきっと、外海に揉《も》まれる島や泥に沈む島とは違った問題があり、処世術があるのだろう。

そう思いながらオリーブ林を歩く。明るい日差しのもと、木は一様に華奢で素直に枝葉を伸ばしている。穏やかな瀬戸内海そのままだ、と感じ入りながらふと幹を見ると、苔なのか、天鵞絨《ビロード》を巻いたように緑色をしている。

木々のあいだの、外気からは知れない湿り気を思う。

(『Webでも考える人』二〇一七年四月七日)

子どもは忙しい

小学校は、週あたり二十二時間分の授業時間を振り分けて学ぶ。登校するのは、月曜日から金曜日まで。午後の授業が終わると、多くの子どもたちが稽古事へ直行する。共働きの親が多い都市ともなると、放課後の用事を複数抱えている子も多い。毎日、親が帰宅するまでの時間、家にいてベビーシッターや親戚に見てもらうのも手間と金銭がかかる。ゲームやテレビ漬けとなるのが関の山だ。それならば、「健康のためにもよいことを」と、たいていスポーツを習いにいく。イタリアに、塾はない。

幼稚園から小学校、自治体によっては中学校までの登下校には、児童一人ずつに保護者がつき添うことが義務付けられている。入学、進学と同時に、各家庭は誰が子どもの送迎をするのか、その氏名と身元証明をあらかじめ学校に届けておかなければならない。朝、送っていき、校門で待つ担任教師や担当教師に対面で確認してもらう。そして午後、再び学校へ。共働きの家は祖父母が行く。親族に頼めない場合は、ベビーシッターが行く。ベビーシッターがいない家は、親どうしで助け合う。いずれの場合も、事前に届出を済ませである人だけが関わる。

朝と午後、校門前の歩道は、ベルが鳴るのを待つ大人と子どもたちでおしくらまんじゅう状態だ。車道も二重三重の一時駐車で、大混乱。路面電車やバスの通り道だと、一般車も巻き込んでの渋滞となる。

地区内からの通学なのに車での送迎が多いのは、親の出勤途中ということのほかに、子どもたちの鞄《かばん》が大変に重いからである。イタリアの小・中学生の鞄の中身は、欧州一の重さだという。音楽の授業のときには楽器が加わり、美術の絵の具や画板も持たなければならない日もある。体育の着替え。そのうえ、放課後に行く稽古事用の鞄まで持ってくる子もいる。あまりの重さに、一時、児童の脊椎側湾症が問題になったほどだった。キャリーバッグは、古い町の石畳ではかえって不便である。結局、送迎する保護者たちが持つことになるが、大人ですら青息吐息である。

四月も半ばとなると、復活祭に四月二十五日のイタリア解放記念日、メーデーと続き、連休が明けると六月からの夏休みは目前だ。海に行く予定なのに、まだ泳ぎ方を知らない子も多い。イタリアの公立小・中学校にはプール施設がない。水泳の授業もない。運動場も猫の額ほどもあればいいほうだ。体育館は、走り回るにはひとクラスでせいいっぱい、か。イタリアといえばサッカー、というイメージがあるけれど、子どもたちだけで自由に遊べる空間はほとんどない。子どもたちは慢性の運動不足である。それで、自主的に放課後、スポーツを習いにいくのである。すべての家が月謝を払えるわけではない。そこで協力するのは、教会だ。広い中庭を使って、無料かごく廉価にスポーツ教室を開催している。指導するのは、資格を有する近隣の人たちのボランティアだったりする。

ところが、「サッカーなんて」と、嫌がる親もいる。子どもにどういう稽古事やスポーツを習わせるのかで、各家庭の社会階層や階級意識があからさまに出る。高級住宅街に住む親たちの多くは、子どもの稽古事に乗馬、テニス、ラグビーを選ぶ。中には、ゴルフ、で、フェンシングもそういう親たちに人気だ。女児は踊りたがるもの。創作ダンスは間口という小学生までいる。「プロポーションと立ち居振る舞いがよくなるから」という理由が広いが、クラシックバレエとなると、その他とは一線を画すようなところがある。

私が山奥の村に住んでいたとき、農業から食材製造へ転向して成功した家があった。十数名しかいない村の幼子たちは、放課後になると教会に集まってはボールを蹴ったり歌ったり踊ったりしていたのに、その家の子だけがわざわざ隣県の町まで通って、乗馬を習わされていた。

「稽古事は、サロンのようなものだから」

送迎する親たちの体面のためにも、子どもは馬に乗り、チュチュを着る。

サッカーに大勢が熱狂するのは、下剋上《げこくじょう》だからである。

（『Ｗｅｂでも考える人』二〇一七年四月二十一日）

結婚の季節

初夏が来て、胸が高鳴る。

一年近くも前から、その日をカレンダーに赤丸を付けて待っている。ローマ近郊にある山村の教会にて挙式、そして屋外での披露宴に招待されている。

最近イタリアで結婚式に呼ばれることは、ごく稀になった。今でも式を挙げるのは、ローマ以南の出身者ばかり。私は北部のミラノに暮らしているが、今どきのカップルで、結婚式を挙げ、市役所に婚姻届を出してからいっしょに暮らし始める人たちはどのくらいいるだろう。

そもそもせっかくいっしょになっても、何年も経たないうちに相手が変わるカップルが多いのだ。別れた二人の間に子どもがいる場合は、週末や夏休み、クリスマスなどを、子どもが父母のどちらと過ごすかで、調整に大わらわ。別れて、また新しい人と連れ添って。旧新の相手、それぞれの親族、新しい連れ合いとの間に生まれた子どもたちなど、大勢がパズルのように組み合わさっては解かれる。しょっちゅうパズルの片《ピース》は、余ったりなくなったりする。何枚もの異なる家族の肖像画を四苦八苦して創り上げている。

そういう状況を〈広がった家族〉と呼ぶ。皆友達、と寛大なようにも聞こえるし、問題が膨らんで収拾のつかない事態とも聞こえる。個人主義が進み、共同体でうまく折り合いをつけて暮らしていくのは、合理的な北部人にそぐわないのかもしれない。そういうわけで、どうせご破算にするのなら最初から結婚などしない、式も要らない、ということになる。

一方、南部のキーワードは〈家族〉だ。物事すべての尺度になっている。人生の土台である。家族を持つための結婚なのだ。慎重に交際を続け、いよいよ見極めれば、「正式な相手となりました」と、あらたまって婚約から披露するところもある。

家と家が向き合う。

両家の反りが合うかどうかは重大事である。人柄はもちろんのこと、社会的階級や経済力、宗教、ときには政治傾向など、互いに念入りに検証する。同じ地元どうしなら話はまだ簡単だが、二人の郷里が異なる場合はやっかいだ。他所へ移住している人たちはこれぞと決めた相手を、いつ郷里の両親や親族たちに紹介しようか、と好機到来を窺う。

ある日バールに行くと、ミラノに住む南部出身者たちがざわついている。移住組どうしで、頭を寄せ合って何やら相談している。

「急に母が訪ねてくることになって」

一人息子である南部出身の彼は、女友達と暮らしていることを親には話していない。

「久しぶりにミラノ見物でもしようかと思ってね」

電話口で母親はそう言ったが、うそである。自分の勘が当たっているかどうか、確かめにくるのだ。

〈どういう女性だろう？〉

息子は、そろそろ四十歳に手が届くかというところである。母親が急襲するのは、優柔不断の息子の背を押すつもりなのかもしれない。

しかし彼が女友達といっしょに暮らすのは、物価高のミラノで生き延びるための便宜的な手段にすぎない。気の合う同朋のような存在であって、互いの家を紹介し合い、両家の重みを背負って、新たな家族を作り上げていく、というような覚悟はない。

「それを、すわ結婚、と言われても……」


さて、結婚式に招いてくれた二人は、ローマ近郊生まれの幼馴染みである。山間にある中世に遡る故郷は静かだけれど何もないところで、多くの若者は高校を卒業すると都会へ出ていく。二人も同様だった。ミラノで学びそのまま住み着き、それぞれにセンチメンタルな紆余曲折《うよきょくせつ》を経て疲れ果て、休暇で帰郷中に再会した。

幼いときから互いを知り尽くしていて、それまで他人として考えたこともなかった。北部で個人主義の冷風に晒されたおかげで、身内の温かさに気がついたのだった。

招待客の中には、新郎新婦が北部で得た友人たちもいた。二百人近い招待客たちのほとんどが両家の親族と知って、北部人たちは驚いている。両親兄弟姉妹の紹介に続いて、「こちらが父方の叔父叔母。その連れ。子どもたち。各人の従姉妹に再従兄弟《はとこ》。その両親たち。叔母の乳母も来てるはず……」

目の前に、数代に遡る家系図が何枚も広げられたような様子だ。「親戚が倍に増えた」と、皆が異口同音にうれしそうなのを耳にして、北部の若者たちはさらに驚いている。

人と人が結びつき、家と家が繋がる。その縁がやがて村と村へ延び、そして山へ海へ島へ。その上に、南部イタリアは広がっている。

北部では稀になってしまった情景が、初夏の南部にはまだある。


（『Ｗｅｂでも考える人』二〇一七年六月二日）

洗濯の苦労

「洗濯しすぎる、って叱られるなんて……」

若い友人は怒っている。夫婦で雑貨店を営んでいて、幼子二人がいる。ミラノ郊外の一軒家に住んでいて、毎朝市内へ通勤している。早朝に起き、夕食の下ごしらえをし、子どもたちを学校へ送ってから、働きにいく。

地続きで、夫の両親が住んでいる。結婚した当初は、よかった。甘える嫁は可愛がられ、「もう一人娘ができた！」という姑《しゅうとめ》の言葉を鵜呑《うの》みにして、あれこれ頼りにしてきた。一人目が生まれて、間を空けずに二人目の誕生。送り迎えから食事の支度まで、義理の父母の手助けなしにはやってこられなかっただろう。

義母は、几帳面である。若い頃に自分も共働きだったので、家事の段取りには年季が入っている。年を取って諸事情は変わったのに、若い頃から培った経験に基づく自信は揺るぎない。

たとえば、洗濯。

大物（シーツやテーブルクロス、バスタオルなど）洗いの日、
色物洗いの日（青、赤、ピンク、黒、白、柄物と色分けする）、
素材別洗いの日（絹やらウールやら）、
その他一般は一日おき、
と仕分けは明確だ。洗い間違いで縮んだり、分けずに洗って白シャツにピンク色が移ったりすることはない。片方だけの靴下も溜まらない。ところが、ありえない事故は嫁には毎日起こる。

「明日は体操の日じゃないの！」

替えのジャージは、ゴムが伸びてゆるゆるなのだった。ゴムの買い置きはない。トレーナーには、トマトソースの染みが付いたままになっている。どうしよう。夕食後に大急ぎで洗濯機を回す。ついでに、とその他の汚れ物も放り込む。片付けを終えて、明日の支度を済ませ、子どもたちを寝かしつけてから、洗濯物を干す。大量だ。明日の天気予報は、〈晴れ〉。あと数時間で朝なのだから、と中庭に干す。

体操服を乾かさなくちゃ、と早起きして中庭を見ると、ない。ジャージもトレーナーも夫のシャツも。

「おはよう！」

朝日とともに、晴れ晴れとした笑顔で中庭を横切ってやってきた義母が、玄関に立って

いる。手には、びしりとアイロンがかかった洗濯物を持って……。「洗濯はこまめに朝するものでしょ。多すぎると、始末も大変！」

受け取った衣服は、靴下や下着、タオルに至るまでアイロンがかけてあった。

「わかるわ」

話を聞いていた、別の熟年の友人が頷く。市内に住み、自由業で一日の大半を留守にしている。子どもたちは高校・大学ともう大きいが、育った分、洗濯物の嵩《かさ》も大きくなり、込み入ってくる。

「迷子の靴下時代が懐かしいわよ。やれ『このワンピースは手洗いでお願い！』だの、『俺のには、花の香りの柔軟剤は絶対に使わないで』だの」

各自に任せるようにやっと教育できたと思ったら、今度は家の中が四六時中、物干し場になってしまった。ミラノに限らず、イタリアでは集合住宅の正面には、たとえバルコニーがあっても洗濯物を干してはならない規則がある。町の景観を乱さないためだ。通りから見えない、裏側や中庭側に干さなければならない。たいてい日当たりや風通しはよくない。

加えて、ミラノは天候の不順な町である。排ガスも濃い。中庭に干すとき、雨除けのビニールシートを掛けたりする。まったく乾かない。それで、室内干しとなるのである。

「買ったわよ、だから」

横にいた、別の友人が誇らしげに言う。乾燥機である。そこにいる皆が、羨ましそうにため息を吐く。それにしても、子どもたちはとうに独立し結婚したはず。大量の家事からも解放されたのでは、と尋ねると、

「週末や休みに孫が集合するのでね」

一から出直しの家事である。

そう愚痴りながらも、たいていのイタリアの食卓はリネンのテーブルクロスにナプキンだ。一点の染みもなく板のようにプレスの効いたクロスを見ると、いつ洗ってどこに干しているのだろう、とこっそり家の中を見回すのである。

（『Ｗｅｂでも考える人』二〇一七年六月十六日）

ヴェネツィアの悲鳴

学校も夏休みに入った六月中旬の朝、ヴェネツィアの知人から電話があった。

「これから海に行こうと用意していた矢先に、外出禁止令が出たの」

幼稚園と小学生の幼子二人の母親は、怒っている。

海へ行くために早起きして家事を終え洗濯物を外に干したところで、空の向こうに黒煙がモクモクと立ち上るのが目に入った。またか、と思う間もなく、携帯電話にメッセージが入った。

〈緊急警報！　マルゲーラ市の化学工場で火災発生。すぐに窓を閉めて、子どもは屋外で遊ばないようにしてください〉

午前中からぐんぐん気温が上がり、すでに三十度を超えている。海へ行けないと知ってベソをかく子どもたちを大急ぎで風呂に入れる。干したばかりの洗濯物を取り入れて、洗い直しだ。しかも、大量。

「どこか遠くへ引っ越したいわ」

繰り返し起こる工業地帯の事故に、知人はうんざりしている。

一家は、何代も前から暮らしていたヴェネツィア本島から、大陸側にあるその町に一軒家を建てて引っ越したばかりである。あまりに多い観光客のせいで、ヴェネツィア本島では普通の暮らしが難しくなったからだ。

とにかく一年じゅう混んでいる。水上バスに乗るのもひと苦労だし、路地を歩くのもままならない。足元に注意していないと、地べたで野宿している観光客を踏みそうになる。橋や教会前の階段は、ベンチ代わり。座って飲み食いしたり休憩したりしている観光客に塞がれて通れず、橋の袂や建物の入り口に通行人が溜まり、混雑にさらに輪をかけている。

乳母車を押し、買い物袋を提げ、幼子の手を引いて、ヴェネツィアを歩くのは至難の業だ。保育園に始まり小・中学校のクラス編成も、学童の減少で人数割れしているところも多い。疲れ切って、大陸側に引っ越していく人は後を絶たない。二〇一六年は、とうとうヴェネツィア本島の住民数が五万五千人を割った。記録更新である。住民登録だけ残し他所で暮らす人も多いので、実際に暮らしている人の数はさらに下回るだろう。このままの調子でいくと、二〇三〇年にはヴェネツィア本島の住民が皆無、という悲観的な予測も出ている。

一方、ヴェネツィアを訪れる観光客は年々増える一方だ。昨年の復活祭には、二日間で訪問者数が三十万人を超えた。大陸から干潟を越えて通る道路は閉鎖され、ヴェネツィアのサンタ・ルチア駅から、人気の観光名所であるリアルト橋、サン・マルコ広場への訪問順路は一方通行に規制された。立ち止まることもできない。あまりの混雑ぶりに、商店も開業しているものの店の入り口のドアを開けないありさまだった。

〈二〇一七年二月一日までに、過剰な観光客のせいで住民の日常生活が脅かされている現状を打開するための策が講じられないようなら、世界遺産認定を取り消し、『危機にさらされている世界遺産』として登録する〉

昨年七月、ついにユネスコがヴェネツィア市に対して警告した。

昔からヴェネツィアを訪れる人は多かったが、ここまで悲惨な状況ではなかった。カーニバルをはじめ、ビエンナーレ国際美術展、映画祭、手漕ぎ船の競争、大晦日《おおみそか》の打ち上げ花火など季節ごとの伝統行事がうまく散らばっていて、合間に美術展や歌劇、コンサートが組まれて、各人各様の訪問を楽しめた。

ところがこの十数年で、〈一人でも多く一ユーロでも多く〉という町へ変わってしまった。普通の暮らしが消えて、ヴェネツィアは商売を回転させる入れ物と化している。人情が消えた空洞の町だ。

高層ビルのような超大型客船は、数千人の客を乗せてサン・マルコ広場の前を通って本島前を横断して南西端へ入港する。都度、岸壁に押し寄せる高波で、古都はさらに傷んでいく。水路空路に加えて、陸路では他都市からヴェネツィア行きの特急電車が運行され、高速道路が整備され大型車専用の駐車場も増え、近郊の町から日帰りの訪問者も増えている。物価の高いヴェネツィアでの宿泊や飲食を避け、来て、見て、帰る。商店や飲食店はそういう客たちも取り込もうと、手軽なテイクアウトの軽食を次々と売る。町ごと、屋外食堂だ。立ち食いに歩き食い。ゴミ箱は常にあふれ、カモメが食い散らかし、町はゴミ溜めとなる。町の品格は下がり、それに合わせるように訪れる人の身なりも振る舞いも下卑てくる。


「裏の路地の隅は、公衆トイレよ」

「酔っ払ってリアルト橋から下着で運河に飛び込んで泳いだ若者がいたし」

「サン・マルコ広場の回廊にテントを張ろうとした外国人観光客もいたな」

「昨日、リアルト橋手前で羊にリードを付けて引いていた男の人を見たよ」

夏になると、ビーチサンダルにショートパンツ、上半身は裸もしくはビキニ姿も増える。老舗は格と歴史を失うまい、と価格をさらに引き上げる。より多く払える客が品格ある客、とは限らないのに。


ヴェネツィアから出ていった住人たちは、代々からの家や店を貸す。厳しい法律の盲点を突くようにして生まれた民泊が、あっという間に町を席巻した。空き家や空き部屋は、ヴェネツィアにはもってこいの新商材である。現時点で市当局が確認しているだけでも、二万五四〇〇の客室に四万七二二九のベッド数の宿泊施設がある。さらに増え続けている。

一日のヴェネツィアへの入場者数を決めて団体客を調整する、とか、入場税を設ける、若い夫婦や家族が本島に住めば減税措置を受けられる、建物の修復を低利で提供する、民泊は一年に九十日間に限定するなど、諸々の提案はあるものの、具体的に実施されてはいない。

ユネスコから最後通告を提示されて、市政にはまだ解決手段がない。

ユネスコ[*]の第四十一回世界遺産委員会は、七月二日から十二日のあいだ、ポーランドのクラクフで開催される予定だ。

さてどうなる、ヴェネツィア。

（『Ｗｅｂでも考える人』二〇一七年六月三十日）

＊二〇一七年七月、ユネスコは、ヴェネツィアの〈危機遺産〉への登録を見送った。

思いもかけないヴェネツィアが

高いところが好きなので、いつも上を見ながら上《のぼ》る場所がないか探している。イタリアには古い町が多く、聖堂や時計台、中世の城の監視塔など、堂々とした石造建築物が多い。どれも古く、国宝や世界遺産に指定されていて、たいていオリジナルのままの姿でそびえ立っている。掘ったり削ったりできない。上に行くには、階段があるのみ。

そもそも大勢の人を上階に招くために建てられたものではないので、階段や通路は幅が狭く傾斜も急である。地上からてっぺんに向かって、縦穴のような中に螺旋《らせん》状に段が並ぶ。そこを行く。狭い縦穴には窓もない。後ろから続く人がいるので、もう引き返せない。それでも、上りたい。狭くて薄暗く、息苦しい階段を上り詰めた先には、いったいどんな景色があるだろう。

ヴェネツィアは、ぼうっと周囲に見とれていると、すぐに足元を掬われて身動きがとれなくなる町だ。冠水に濃霧、複雑怪奇な路地。ぬかるみや黒カビを見ながら、歩く。

「そろそろ人波も引いた頃だろうから、上ってくるといいわよ」

私の高所好きを知るヴェネツィアの友人が、鐘塔を勧めてくれた。

ヴェネツィア本島の北側から水上バスを二度乗り継いで行く、離島にあるという。

長雨が上がるのを見計らって、船に乗った。

そのトルチェッロ島は、ヴェネツィアとその周辺の干潟の中で最も古い離島である。五世紀には、もう人が暮らし始めていたらしい。

水上バスは手前の島までは大型の船だが、乗り換えた船は船首が細く鋭く、船体の幅も狭い。甲板も、二人も立つともう窮屈だ。

本島から遠く離れているうえ、水上バスの運航数が少なく乗り継ぎも面倒なため、観光シーズンを過ぎると乗船客はぐっと減る。

ぐんと速度を落として、船は行く。そろりそろりと怯えたように進む。あたりの風景は湿地帯に近い。船の上からでも水底がわかるほどの浅瀬が続く。葦《あし》が生え、その根本に海藻が黒く絡みついている。

停留所を離れるとすぐに船長は前傾姿勢になり、前方の水面に連なる木杭を注意深く見ている。杭は、水深の標べなのである。ふつう海に浮かぶブイは、〈ここより先は危険〉と深さを警告するためにある。しかしこの杭は、〈ここを離れると、泥にスクリューを取られて危険〉と浅さを知らせるためにある。

数人の乗客は天井の低い船室に座り、曇った窓越しに動かない水面を見ている。

かつてこの島の周囲は、潮の流れが速く、相当の深さがあったという。東からの異国の船も、ここまで入ってきては商いをしたり情報交換をしたりしていたという。潮の流れが変わって、港も海路も機能しなくなってしまった。泥に船底を取られて、前にも先にも進めなくなったからである。

栄枯盛衰。

島に上がると、引き込みの水路が内陸へと延びている。店は雨戸を閉め、湿地にはススキや葦が茫々と立ち枯れている。

島の反対側の縁に着く。教会と巨大な祈禱所があった。いっしょに船を降りた人たちは、いつの間にか姿が見えなくなってしまった。

一人で、上る。

いったい何段くらい上ったのか。段が消えて坂道になり、踊り場のような空間がときどき現れる。息を整え最後の段を上りきると、そこには三六〇度、千六百年前のヴェネツィアが広がっていた。

杭を抜いては差し。浅瀬が迫ってくると、島に残った人たちは知らずに近づいてくる他所者たちの航路を杭を動かし欺いて阻んだのだった。
そうして残ったものは、ぬかるみに漂う時間だけである。
サン・マルコ広場にはないヴェネツィアが、ずっとそこに揺蕩っている。
（『Ｗｅｂでも考える人』二〇一七年十一月六日）

捨てると生まれる

さあ、年末。整理整頓、大掃除。

イタリアも数年前から分別ゴミでの収集となったが、各自治体で規則が異なるのでややこしい。ミラノなど、ある程度の規模の都市では、集合住宅ごとにゴミを出す。建物の敷地内にゴミ収集所が決められていて、一括して住民たちのゴミをまとめて担当責任者が建物外の指定収集所へ運ぶ。担当責任者といっても住民が交代で当番になるわけではなく、たいていの建物は屋内の清掃のために業者と契約しているので、ゴミ出しもその業者が引き受けてくれるのである。

ただし、である。

不燃ゴミを生ゴミと混ぜて捨てたりすると、市の清掃局は必ず発見して、共同責任として建物の住人全員に対して罰金を科す。四の五の言わせず、即、支払い通告が届く。たとえばミラノでは日本円にして一万円弱、と結構な額面で、ゴミの捨て間違いは高くつく。

大学がある町では、下宿生の入れ替わりが頻繁だ。他都市からやってくるうえ、親元にいた頃はゴミ出しなどしたことがない若者が多い。一人暮らしになると、まず仕分けを間違う。分別がない、とはまさにこのことか。

あるいは、イタリアでも急増中の民泊が入っている建物は、より悲惨である。数日ごとに利用者が入れ替わり、他都市の旅行客だけではなく外国人も多いため、そもそもゴミを分けて始末しない。

「捨てていくのは、まだましなほう。室内にゴミを置きっぱなしにしたり、玄関口に放り出したまま、発つ客も多くて」

観光客の激増で、年内に環境の改善が見られなければ世界遺産の認証を外す、とユネスコから警告を受けているヴェネツィアは、ゴミ問題も深刻である。

路上にゴミ箱は設置されているものの、瞬く間にあふれてしまう。捨てきれないものをまわりに置いていくので、小山ができている。晴れたら腐臭がし、冠水になれば水路や運河に流れ込み拡散してしまう。ゴミ箱があるためにいっそう町が汚れてしまう、という矛盾ぶりである。

衛生は、ヴェネツィアの死活問題である。ゴミ収集は、曜日ごとに分別内容が決まっている。観光客が大勢詰めかける中央地区は、早朝にゴミ出しをしておかなければならない。ところが中央には店舗が連なっているため、早朝にゴミ出しをするために専任を雇うか早出しなければならない。ほとんどの店が少人数でやりくりしているので調整は難しく、ゴミ出しを巡って常に市当局と揉めている。

一般住宅のゴミは、曜日に合わせて分別ゴミを各家の玄関口に置いておくことになっている。清掃局の職員が、手押し車を引いて路地を一筋ずつゴミ袋を拾って回るのである。前の晩からゴミ出しをしてはならない。カモメとネズミにやられてしまうのだ。

カモメは虎視眈々と生ゴミを狙っている。運河の上空を回旋しながら、ゴミ出しを待っている。出たとたん、すわ、と低空飛行、超高速で突撃してくる。

毎朝、大量に生ゴミが出る青果店の店主に、狙われないコツを教えてもらう。

「路上に直置《じかお》きしては駄目。吊すのよ。そうしたら、突《つつ》かないから」

たかだか二、三十センチ持ち上げる程度で、と半信半疑で聞き、生ゴミの日の早朝、路地から路地へ偵察に歩いた。

細い路地の奥は、ゴミ袋が直に路上に置いてある。ところが、運河前の岸壁沿いの家は、ゴミ袋がぶら下がっている。少しでも下げ位置を間違えると、カモメは空から直行で袋を破き、そこへ仲間も急降下してきて群がる。

粗大ゴミは予約しておけば、専用船が軒下まで取りにきてくれる。有料。

かつて離れ干潟の最西端に、ヴェネツィアで出るゴミ専用の焼却場があった。焼いては処理して、また焼いて。

そういう不用物を埋め立ててできた島がある。その島には迷路のような路地はなく、まっすぐの道に並木が植わり、碁盤の目のような区画になっている。

ゴミが新しいヴェネツィアを造ったのか。

しかし考えてみれば、数世紀の死屍累々《ししるいるい》が溜まり重なる上に、そもそもこの町は存在しているのだった。


（『Webでも考える人』二〇一七年十二月十五日）

強烈な春一番

立春が過ぎたと思ったら、いきなり強烈な春一番が吹いた。イタリア中部の穏やかな地方都市マチェラータで起きた、二件の殺傷事件である。

一件目は、一月三十日にバラバラに切断された遺体となって発見された、十八歳のイタリア人女性殺人事件。容疑者として身柄を拘束されているのは、ナイジェリア国籍の男性二十九歳。過去に麻薬所持と売買のかどで逮捕歴がある、不法入国者である。

二件目は、直後二月三日にイタリア人男性二十八歳が自ら運転する車から発砲し、六人に重軽傷を負わせた事件。無差別に発砲したのではなく、アフリカ系の人々を狙い撃ちした。即刻逮捕された犯人が新興のイタリア極右政党〈パウンドの家〉のシンパであり、逮捕時にイタリア国旗を背に翻しながらローマ式敬礼をし、「難民一掃のためにやった」と供述したため、世間は騒然となった。

なぜか。

来る三月四日は、イタリアの総選挙である。

右か左か、中道か。

近年、イタリアには有力な政治家が存在しない。一人政党を含め、少人数の政党が林立し混迷が続く。与党と野党も各様にまとまらず、国として重大な決断を迫られる案件も討議されないままに、次々と背後に置き去りにされたまま埋もれていくばかりだ。

今回も選挙前からすでに、絶対多数政党不在の宙ぶらりん議会となるのは必至、とされ、この先も政治的混乱は避けられない見込みだ。

国民は疲れ切っている。

自由奔放で明るく創造性に富んだ国、というイメージの強いイタリアだが、実像は外面とはかなりずれている。大半のヨーロッパ諸国と同様にイタリアも厳然とした階級社会であり、それぞれの階層が混じり変容することは難しい。富裕層は時を超えて富裕であり続け、それ以外は大衆のままだ。財力の多少が知力の高低に直結して、貧すれば鈍する、への劣化が強まる一方だ。

「左だ右だ中道だ、などと騒いでも、もう誰が信じるものか」

失業率と物価はますます高く、つれて出生数と幸福感は減り、税金と不満は上がる一方だ。昨年サッカーのワールドカップへの出場からイタリアが外れてしまったことも、「スポーツのこと」と、単純には切り離せないだろう。古代ローマ時代にコロッセオで猛獣との格闘に大衆を沸かせたのは、巧みに群衆心理を管理する統括者の策だったことを思い出す。

国民は、募る苛《いら》つきと虚しさ、疲弊感の矛先をどこに向けてよいのかわからない。大勢の人が抱え持つストレスは、一触即発で暴力へと変わる。暴言や無礼は、まず弱者へと降りかかるものだ。

最初はローマから、そしてみるみるうちにイタリア各地に急速に拡散しているのが、

「大衆こそ正義だ。政治家を排除して、大衆が直に治める社会を」

とする、イタリアの現行ポピュリズムである。

「イタリアを守るためには、難民を受け入れてはならない」

右ポピュリズム派が難民排斥を掲げると、

「すべての人々に自由と平和への扉は開かれるべき」

左革新派が反発する。現在イタリアには、総人口六千万人のうち一〇パーセントに迫る数の欧州圏外からの移民（難民、亡命者、不法入国者を含む）がいる、と試算されている。私もこのうちの一人だ。

「善人ぶった左派が、無審査、無政策で難民を受け入れ続けた結果、ナイジェリア人にイタリア女性が殺害されたではないか。左が殺したようなものだ。イタリアを返せ」

と右が言い、

「右派は人種差別主義を煽《あお》り、イタリアをファシズム時代に後退させようとしている。罪

のないアフリカ人を狙い撃ちにするような暴力は、右派の洗脳のせい。憎しみをイタリアから排除しよう」

と左が言う。

海に囲まれたイタリア半島に異教徒が上陸し、あるときは侵攻し、あるときは異文化交流で新局面を展開してきたのは、何もこの数年のことではない。ひとつの絶対的な勢力にまとまらないことはイタリアの弱点ではあるが、翻ってそこから生まれるカオスは最大の強みでもある。

マチェラータで続けて起きた兇悪《きょうあく》犯罪二件に、苦しむイタリアの奥底から吹き出る膿《うみ》を見る。

（『Ｗｅｂでも考える人』二〇一八年二月二十二日）

あえてジョーカーを引く

ヴェネツィアが増え続ける観光客でにっちもさっちもいかなくなり始めたのは、この数年のこと。水上バスに乗り切れないルートも出てくる始末で、慣れた人なら島の端から端でも徒歩で移動する。地元の人たちが混雑を避けて通る抜け道や迂回の道順があるが、このところそういう秘めた路地まで人が詰まっている。

知人が、二年前にここに菓子店を開いた。南部イタリアを代表する老舗として知られ、地元で悠々自適の商売だったが還暦を迎えて突然、

「もうひと勝負」

イタリアだけではなくヨーロッパの入り口であるヴェネツィアで、腕試しをすることに決めたのである。

世界の観光客に通じるかどうかの商いの試金石として、ヴェネツィアは難度が高い場所だ。ミラノのモンテナポレオーネ通りやヴェローナのエルベ広場、ローマのコルソ通り、フィレンツェの大聖堂周辺など人気の商店街は多々あるが、ここに旗揚げできてこそ、と

商人が目指す場所がある。南部のカプリ島やトスカーナ州の海辺の町フォルテ・デイ・マルミやピエトラサンタ、リグリア州のサンタ・マルゲリータ・リグレ等、そしてヴェネツィアだ。

知名度の高い店が勢揃いし、歴史ある店と並んで新進勢力も軒を並べている。高いからよいとは限らず、安いから売れるとも限らない。ヴェネツィアでの商売は難しい。そもそも物価が高いので、町に着きひと息吐くとすでに財布が軽くなっている。記念に一点豪華なものを買う人もあれば、マグネット一個、絵葉書一枚だけという人も多い。離島に宿を取り専用船を雇って回り、オペラ観劇には特注ドレスで、馴染みの店から骨董家具を買い付けにくる常連もいる。

南部イタリアから乗り込んできた知人は、賃貸物件を見つけるまでに足かけ三年かかった。知人の後について、商人の目でヴェネツィアを歩いてみた。地元の周旋業者にあたり、古参の店主たちにも訊いて回った。延々歩き、歩いては調べた。上を見て、下も見る。地面は肝心だ。冠水がどこから滲《し》み入るか。床上何センチまで上がってくるのか。両隣も重要である。建物の境界線は、縦割り一軒ごととは限らないからだ。トイレはあるのか。たいてい無い。水回り工事の許可取りには長い時間がかかる。天井や壁が膨らんだり歪《ゆが》んでいたり。最寄りの運河から商品搬入の経路が橋だらけだったり。人通りがよいと喜べば、あまりに混雑しすぎて店のドアが開けられなかったり。一本路地がずれて静かだが、まったく日が当たらなかったりした。

候補に上がってくる物件は条件を満たしているようで、よく調べてみると〈ワケあり〉ばかりだった。

商人になったつもりで鵜《う》の目鷹《たか》の目だった私は、たちまち挫《くじ》けた。不良物件でも賃貸料はべらぼうに高く、

「即刻決めてもらわないと、順番待ちが行列になっている」

と、周旋業者は急かした。

ヴェネツィア進出は諦めるだろうと思っていたら、知人は、候補の中で最も賃貸料が高くて冠水にはすぐに浸かる物件をわざわざ選んで契約した。さらに全面改築。再び二年間を費やした。

店は、サン・マルコ広場とリアルト橋を繋ぐ線上にあった。買わなくても、来訪者はこの店の前を通ってヴェネツィアの二大観光スポットの間を移動する。立錐の余地なく並ぶ商店は、生え抜き揃いである。そこへ納品する業者も通る。

「他所者が、この目抜き通りにやってきた」

知人は店の前面をガラス張りにし、店員たち全員に菓子を大皿に盛って客に振る舞わせた。ショーウインドウの中の商品は、菓子を頰張る客たちの笑顔である。

朝から夜遅くまでノンストップで、ガラスの中の劇場は続く。

家主は、じっとそれを観ていた。

そして二年目を前に、二店舗目、三店舗目の物件はどうか、と打診してきたのだという。三店舗には、各店各様の客筋がある。地区もばらけているので、互いに客を食い合う心配もない。

ジョーカーをわざと引いてみせ、次の手で本命のカードを手に入れる。

不動産商売は、店子次第。「物件探しの頃からこちらの事情は、業界関係者に筒抜けだったでしょう」。最初に難しい物件で締め上げてみて支払いが滞らなければ、合格。店子の商いがもっと回るよう、優良物件を貸せば確実な家賃収入が増える。他所者だろうが地元の者だろうが、金回りこそ商いだ。

顔見せに三年。試されて二年。南部の名店は、ヴェネツィアへの入場券を手にした。突然現れていきなり三店舗である。ゆっくり急げ、か。

「お楽しみはこれから、ですよ」

儲《もう》けよりも、名うての商人の沽券《こけん》に関わる挑戦らしい。

（『Webでも考える人』二〇一八年五月七日）

えっ、あの劇場が⁉

氷雨の降るなかヴェネツィアへ行き、家を探したのは数年前の真冬だった。冠水が膝上まで及ぶ、厳しい日だった。新しい家探しは、たいてい悪天候を待って始めることにしている。厳しい条件下でも気に入れれば、間違いがない。

傘をさしても容赦なく霧状の氷雨が襟元や袖口、濡れたつま先から沁み込んで、日が暮れると共に気分も沈みきった。冷えきった身体を温めようと、通りかかった美術館へ飛び込んだ。閉館寸前にやってきた私を訝しげに見ながら、

「明日、出直してきたほうがいいのでは？」

売店の女性が声をかけた。

かくかくしかじか。

来訪の理由を話すと事務室へ別の館員を呼びにいき、一枚の紙を渡された。その美術館に世界各地から実習にやってくる学生たちに向けて用意した、賃貸物件の一覧だった。

雨宿りが縁で知り合い、おかげで住まいも見つかって、以来その美術館員たちとは長い付き合いになる。私を含めて全員が外国人。頭数だけの国籍が揃い、皆でしゃべるときの共通語は標準語のイタリア語である。

そもそも代々の地元っ子は、ヴェネツィア方言を話して標準イタリア語は使わない。ここでは、ヴェネツィアかそれ以外か、が内外《うちそと》を分かつ基準だからだ。いつ流されるとも知れない干潟で、利権だけを商材とする土地柄である。財を囲い込もうとするのは当然だろう。枠は狭ければ狭いほど守りやすい。そういうわけで、人種のるつぼでありながら郷土主義は他のどの町よりも強い。そして身贔屓は、排他主義や人種差別と表裏一体だ。

荘厳なファサードを誇る大運河に面した建物は、商館だったところが多い。財力と名声の看板のような役割で、富裕族は実際の住まいを大陸側に構えてきた。干潟ヴェネツィアには、短期で滞在する異国からの取引相手と、小さな暮らしを快適に回すための技を持つ各界の職人たちが暮らした。全盛期から数世紀たった今でも、おおよそ事情は変わっていない。

沈んでは浮上するヴェネツィアの建物は、固定資産であっても揺れている。脆弱な地の上に建ち、未来永劫《えいごう》続くとは限らない。不動な価値を保つには、莫大なメンテナンスの時間と費用がかかる。いよいよ大掛かりな手入れが必要なときがやってくると、そのまま手放す所有者が多い。重要建築物は市に寄贈されることもあるが、もらうほうも手に余る。

ないかない。

大運河にほど近い商店街にあった劇場も、そういう名建築物のひとつだった。ヴェネツィアに普通の暮らしがあった頃、さまざまな舞台で市民を楽しませてきた。

やがて建物の老朽化で、劇場は閉鎖。持ち堪《こた》えられなかったのだろう。市役所は、異国から来た取引相手に売った。

修復工事が始まったのを見て、地元の人々は喜んだ。小ぶりながら堂々とした劇場は内部の装飾も美しく、足を踏み入れた瞬間から観客は芝居の中に引き込まれ、自らも舞台に立つような気分を楽しめたからだった。

数年かかった工事が終わって、皆、仰天した。新しく生まれ変わった劇場のこけら落としだと信じていたのに、覆いが外れて現れたのは劇場はそのままに、中に商品棚が並んだ外国籍のスーパーマーケットだったからである。

仰ぎ見るとフレスコ画が天井に広がり、石壁や梁《はり》には白々と食品を照らす照明が設置されている。聖母の視線を感じながら、タマネギや肉、トイレット洗剤をカゴに入れるのは奇妙な感じだ。そうそうトイレットペーパーも切れかかっていたっけ、と手に取りかけて前方で指差す天使と目が合う。

「劇場をなぜ劇場として復活させなかったのか」

批判が噴出した。

けれども、もし劇場として再開しても、果たして改築費用が回収できるほどの集客ができただろうか。異国からの取引相手に売り払ったほうが、理に適《かな》ったのだろう。

空洞化するヴェネツィアは腹の中に異国を飲み込んで、朽ちて滅びない。


（『Ｗｅｂでも考える人』二〇一八年六月一日）

プロセッコを飲みにいきませんか

気晴らしに、近所を歩くことにした。犬と回る。嗅いだり、しっぽを振ったり、唸ったり。リードに引かれるまま、ふだんは通り過ぎる横道に逸れた。

数年ぶりに曲がった道沿いに、知らない店が開いていた。飲食店らしい。まもなく夕食という時間帯で、しかも平日である。閑散とした店の軒先の、低い照明の看板だけがぼうっと夜道に浮かんでいる。

〈IL S（これぞS）〉

細長い店内の奥行きと並行するように、薄い板でできたカウンターが通してある。数脚のスツールと奥に二、三卓の二人掛けテーブルがあるだけで、ごく簡素だ。

壁には、グラスとボトル。黒板には、銘柄と値段。〈これぞS〉は、secco（ドライな）のSか、spumante（イタリア発泡ワイン）のSか。グラス売り。店に入り、銘柄を告げグラスを空けて、帰る。そういう店らしい。

たいてい今どきのミラノのバールや軽食店は、夕食前の時間帯になるとカウンターにつまみをずらりと並べ置く。アルコール、ノンアルコールにかかわらず、飲み物を注文すればいくらでもつまんでいい。ミラノ独特の〈ハッピーアワー〉の習慣は、流行りだしてからもう二十年余り経つだろうか。ポテトチップスに始まり、スティック生野菜やひと口ピッツァ、肉料理などを出す店もあって、「ちょっと一杯」で立ち寄ったつもりが、いつの間にかグラスを重ね、つまみ料理で満腹し、気づくと夕食ほどの時間と代金を置いていくことになるのもしばしばだ。

ところが、〈これぞS〉は違った。

飾り気のない店内同様、ぐいっと空けたら退店、の簡素さである。スピーディーに、シンプルに、か。

「パンとハム、チーズくらいなら、お出しできますが」

皿を受け取り奥のテーブル席に座り直す。グラスと客の出入りを見るともなしに見て過ごす。時間と光景がつまみ代わりだ。ふと、

「……短編映画フェスティバルのことですが……」

やってきたばかりの客にグラスを渡しながら、店員が話すのが耳に入った。まだ三十代だろう。

二杯目を注文する際、その店員にここのオーナーなのか尋ねると、いえいえ、と笑いながら、

「仲間四人でこの場所を借りて、夕方から深夜零時まで交替で運営しています」

四人は大学からの友人だという。一人はミラノ大学で哲学を、もう一人はコミュニケーション学を、他の一人はボローニャ大学で演劇史、そしてあと一人は経営学を各々学んだ。卒業して、出版社の事務職や漫画の出版、販売に携わったりしてきた。大学時代のように、就職してからも四人は集まっては文化イベントの情報交換をしたり、読んだ本や観た映画について意見を交わしたりしてきた。

ある日、いつものように賑やかに雑談していて何かの拍子に、「文芸に関わる催しを企画していこう」という話になった。

「それで、店を始めることになりました」

各人各様の仕事を続けながら、事情に合わせて当番制で夜、店に出る。繁華な通りから少し外れているので、地元の人が主な客だという。ミラノの南端にあるこの界隈には、昔から工芸職人や詩人や作家、カメラマン、演劇関係者など、自由業者が多く住んできた。枠や型から逃れて暮らす人が多いのは、町の外れに流れる運河のせいだろうか。店にはそういう人々が漂着しては、また流れていく。

ワインを注ぐ店員に、あらためて彼の身上を尋ねると、

「本を書いています」

衒《てら》わず、いや、少し照れ気味に言った。どういう本を書くのか、文学とはかくかくしか

じか、出版業界は不況で……、と続くわけでもなく、彼の自己紹介はそれきりだった。注ぎ終えると黙って会釈し、カウンター向こうへ入り、グラスと客の行き来の相手に戻った。客との穏やかで親身なやりとりから、ほとんどが常連らしいと知れた。

退店する際に、店員に書いた本のタイトルを訊いた。彼はちょっと驚いた顔をし、ひと呼吸置いてから、

「『幸せな男の死』といいます……」

実に真摯《しんし》な口調で言った。

帰路、繁華街で夜も開いている書店へ立ち寄りその書名を告げると、すぐに見つかった。「本を書いています」と自己紹介する人は結構いるものだ。一応、訊くだけは訊いてみようか、とあまり店員の言ったことを本気にしていなかった自分を恥じた。

その本はシチリア島の老舗出版社からの刊行で、カバーの袖には〈二〇一四年度カンピエッロ賞（イタリアの権威ある文学賞）受賞作！〉と、惹句《じゃっく》が躍っていた。奥付を見れば、第十二刷とある。

飲んできたばかりのプロセッコ（発泡白ワイン）が、胃の奥でふつふつと小さな泡を吹く。

薄暗いカウンターの向こうで、彼が静かにグラスと客を見聞きしている様子を思い出す。本業での稼ぎや充実感の不足を補うために、彼らは飲食店を開けたのではなかった。毎夜、

簡素な板のこちらとあちらで、四人の仲間はミラノに物語が流れ着くのを待っているのだった。

（『Ｗｅｂでも考える人』二〇一八年六月十五日）

ちょっと文房具屋さんに行ってくる

一冊脱稿すると、整理整頓。資料の本や雑誌、メモを片っ端から処分している。無機質な書類の中に、セピア色の地にくすんだ色の花模様の紙が見えた。色も花柄もピントが曖昧でいかにも旧時代的なその紙は、贈り物用の包装紙である。資料には、取材先の研究者から借りた貴重な古書があった。怖々ミラノに持ち帰り、その本を携えて近所の店を訪ねた。

「昔、大切な本はこうやってお包《くる》みに巻いてやったものでした」

八十歳をとうに超えた老女店主は、店の台の下から花柄の包装紙を取り出しレジ前の台に広げると、古書を真ん中に置き、ゆっくりとした手付きでカバーをかけた。本の天地にぴたりと合うように紙に爪で印を付け、昔スクラップするときに使ったような刃の長い紙切りバサミで切り、折り返しをたっぷり取って本の袖を通した。

〈赤ちゃんみたい〉

思わず呟くと、老店主は花柄に包まれた、大判で分厚いその本を両手で胸元に抱き寄せて、あやすように揺らしてみせた。

ジュゼッピーナの店は、ミラノの名店舗の一店だった。文具店。運河地区から南に向かって延びる大通り沿いにあり、小さく、古く、少し埃っぽかった。品揃えは流行遅れ。老夫婦が交互に店に立ち、ときどき二人揃うと必ず小言の言い合いになった。妻ジュゼッピーナは客から何を問われても、あっという間に品を出した。店にはレジがなく、夫が電卓を打つ。しかし妻は自分が手計算で検算してからでないと、けっして客から勘定を受け取ろうとしなかった。二人の計算が合わないのはしょっちゅうで、口喧嘩《くちげんか》をしながら何度も計算し直すため、順番を待つ客で店はいつも満員だった。けれども、苦情を言う人など誰もいなかった。むしろ皆、この夫婦喧嘩を楽しみにやってくるようなところがあった。腹を立てても言葉遣いが荒れることはなく、ミラノの下町の風情は耳にも目にも粋で温かだった。

「かれこれもう百年を超えますかねえ」

今では大賑わいの通りだが、店が開業した当時は場末で通りには他に何もなく、うら寂しかったという。運河の船着場に隣接し、陸揚げされる石や材木を加工する建具職人や石切工たちが集まった。職人たちはたいてい仕事場を住まいの近くに構えていたので、鉄打ちや木を切る音に交じって、子どもの笑い声やむずかる赤ん坊、ボールの弾む音が聞こえた。創るミラノは、人々の日常の暮らしの中にあった。

スーパーマーケットに行けばボールペンやコピー用紙は買えるし、待つ必要もないのだが、必ずジュゼッピーナの店で買った。買うものがなくても、ガラス戸を開けて、夫婦の顔を見るためだけに立ち寄ったものだった。ペン一本、封筒一枚にも、二人は丁寧に応対し、品物ごとに手書きの仕入れ帳で念入りに値段を確かめた。

ガラス戸を押すと、中から優しい匂いがした。大通りの喧騒は届かずしんとした店内に入ると、たちまち記憶は遠い昔に飛び、祖父母の家に遊びにきたような気がした。

数カ月ぶりにミラノに戻り、文具店へ行った。行けば必ず会える人がいる町は、異国であっても自分の住処《すみか》だ。

店にはシャッターが下りていた。隙間から見えるショーウインドウには、クリスマス前からそのままに、新年度の日記帳やクリスマスカード、絵暦が並んでいた。

『都合により、しばらく休業します』

冬が終わり春を過ぎても、店は閉じたままである。ガラス戸に貼られた、黒いマジックペンで書かれた紙が剝がれた後も、ショーウインドウの中のクリスマスは続いた。

様子を見にやってくる人たちは多く、〈あなたもですか。心配ですね〉と、店の前で互いに目礼し合った。

そして、クリスマスの装いのまま、店は解体された。

床から天井に届く備え付けの棚は、長い年月を経て甘い蜂蜜色に変わったチーク材だった。老いた夫婦の手が届く高さまで、商品が几帳面に整理されて入っていた。古い箪笥《たんす》の引き出しに、家族の持ち物がきちんと入れてあるように。

「昔、紙は宝ものでした。生まれて初めてのノートとペンを子どもたちに渡すだなんて、なんとありがたい商売でしょう！」

老夫婦には、小さな客が大勢いた。

店が解体された日に、大通りの並びにある教会でミサがあった。弔いの鐘が鳴り始めると、大通りの商店は次々とシャッターを半分下ろして喪に服した。

赤ん坊をあやすように、古書を贈り物用の包装紙で包んだジュゼッピーナを想う。

消えゆく古いミラノがある。消えて、でも残るものがある。

（『Ｗｅｂでも考える人』二〇一八年六月二十九日）

夏が来ると、山が焼ける

真夏が来ると、森林火災だ。もはや季語のような。二〇一六年には、四六三五件の森林火災があった。

二〇一七年の夏は七月後半から異常な高温が続き、ミラノ市内でも四十度を超える日が続き、シチリア島やナポリ、サルデーニャ島など南部や島嶼部では五十度に迫る日もあった。三月最終日曜日からサマータイムなので、夜九時を過ぎても日は落ちない。長い夏の一日、オーブンの中でじっくりと煮炊きされているようだった。

ある一線を越えると、天候も火傷《やけど》をする。

〈あれ、これは尋常ではないな〉

海水に足を浸けてそう感じたとき、午後の景色が露出過多の写真のようになるとき、海から陸へ強烈な風が吹くとき、山が燃える。

「火事だ！　火事だ！」

岸壁に立つスピーカーから警報が鳴り響き、慌ただしく車がどこかへ走っていく。その先の山間から黒煙がもくもくと上がり、瞬く間に青空が鼠《ねずみ》色に曇っていく。それまで強い日差しを放っていた太陽も煙に隠れてしまう。一気に落ちる照度。昼なのに暗く、夏なのに曇天、という不穏な雰囲気に包まれる。

湾の向こうの空に黒い点が見えたかと思うと、二つになり三つになり、バラバラと多数の点がこちらへ近づいてくる。バタバタバタバタバタ。爆音が海面に反響し、竜巻のように風が回りながら波打ち際まで打つ。

ヘリコプターだ。

火事警報から間を空けずに、イタリア市民保護局や国防省の黄色の消火専用ヘリコプターが次々と飛んできて、機体を海面に掠って飛び、腹一杯に水を掬い溜める。低空飛行でのバケツリレーの始まりだ。飛んできては掬い、掬っては飛んでいく。黒く煙った空に黄色の鳥の群れが舞う。

山奥だったり森林だったり、あるいは内陸部の草原だったりで、火災現場は（幸いに）集落から離れていて、簡単に消防車が機動できる道すらない場合が多い。

暑さによる自然発火もあるが、多くが人災だ。

「ついタバコを捨ててしまって」

昨夏、そういう〈うっかりミス〉でナポリ近郊に起きた火事は、みるみるうちに燃え広がり、ヴェスビオ火山の裾野からポンペイ近くまでを焼きに焼いた。

〈神様、止めて！〉

〈僕のナポリが、僕のヴェスビオが……〉

悲壮なメッセージが続々と届いたのを思い出す。数世紀にわたってナポリ沿岸からヴェスビオ、ポンペイの美しい眺めを額装するように、深い緑が彩ってきた。緩やかな海岸線をなぞっていた海松や椰子が、炭と化してしまった。

しかし。

なぜその男は辺地まで行き、〈うっかり〉吸い殻を捨ててしまったのか。

いったいどのようにして、広域の中からその〈うっかり男〉がいたことを当て、見つけ出し、火元だと言明できたのか。

病的な放火魔によるものもときにはあるが、仕組まれた火も多いとされる。

山火事は、エコマフィアの重要なビジネス源だ。


イタリアの環境保護団体「Legambiente（環境連合）」が発表したデータによると、二〇一七年一月から七月末までに、七万四九六五ヘクタールの森林が火災により焼失した。前年二〇一六年一年間の焼失面積の総計に比べて、前半だけですでに一五六・四一パーセントを記録。火災のうち九六・一パーセントが、五月から七月に起きている。

火災は、特定の州に集中している。発生数の多い順に、シチリア、カラブリア、カンパーニア、ラツィオ、サルデーニャなど、南部が多い。

イタリアは、国土の約三四パーセントが森林である。毎年、増え続けている。理由は、放置。所有主が管理を放棄し、野生化して増えているのだ。山岳警備隊の正規雇用者だけでは監視が追いつかないものの、公費の予算枠が合わず非正規の雇用者でしのいでいる。これまでの放火事件には、翌年度の仕事を確保するために森林警備に就く者が関わったケースも多かった。生きるために、自分たちが守るべき山林を自らの手で焼いてしまう、という矛盾ぶりは悲惨だ。

遊牧を産業とする一帯では、焼き払ってそれが肥料となり翌年にはさらに天然の飼料草木が育つ、と焼き畑農業さながらの発想で関係者が火を放つこともあった。

あるいは、土地の所有者やそこで事業を営む人との怨恨や、土地開発をして不動産で利益を得たかったのに商談がまとまらず報復や腹いせ、一帯の権力者が自分の力を見せしめるために焼いてしまう恐喝と劇場型、といった犯罪のほかに、放置されて荒れた山林を焼き払い、そこへゴミを不法に投棄したり処理したりする件も多い。美しい緑を焼いて、不法な廃棄物を焼く場所を作ってしまう、という二重構造の犯罪である。

エコマフィアと呼ばれる環境関連の犯罪組織の関与は、森林を焼くことや産業廃棄物の不法投棄や処理だけではなく、不法な食肉処理場や食品製造にも及んでいる。

そうした黒いビジネスには、広大で、簡単には通いにくい、人や法規から忘れられた土地が必要だ。いったん山や森が焼けると、以降十五年間はその土地を利用することは法律で禁じられている。エコマフィアは、この法律を逆手に取ったのである。

政府は法改正を繰り返し、自治体でも新しい条例を設けるなどして人災を防ぐための対策や消火体制と設備や機器の準備を書式化したものの、なかなか実施まで進まず後手に回っているのが現状だ。

（『Ｗｅｂでも考える人』二〇一八年八月十日）

ヴァカンス中の都心の光景

八月の第一週までは、それでもまだ町はそこそこに機能している。それを過ぎると、店も会社も長期休暇に入る。どの店にも、〈九月までお元気で！〉というメッセージの横にビーチパラソルが描かれた、休業のお知らせがシャッターに貼ってある。

かつて八月いっぱい、すべての店が閉まったせいで、食料を買いにいけなくなり餓死寸前に追い込まれた老人が続出した年があった。以来、市役所の管理のもと市民が干涸びてしまわないように、地区ごとの公営市場では最小限の店が開いているようになった。

夏になると、思いのほか独り暮らしの老人が多いのを知る。

「きっとイタリアの老後は充実しているのでしょうね」

日本でよく訊かれる。〈一生朗らか〉というステレオタイプのイメージがあるのだろうか。

イタリアには、どれだけ身体の状態が大変かを国が決める、要介護度の基準も認定もない。介護制度がないので、地域包括支援センターやケアマネージャー、デイケアサービス、送迎付きの通所リハビリや訪問リハビリもない。年金は激減する一方だ。年金システムそのものが金欠で崩壊するのは、時間の問題だろう。

しかし健康保険の一部負担や三割負担、後期高齢者、高額医療などの区分けもない。本人申請が原則の難解な手続きもない。

〈不健康な人をすべて平等に無料で診療する〉

のがイタリアの公的医療機関に課された責務なので、ややこしい区分けはない。

ベルルスコーニが首相だった頃に、増え続ける不法入国者摘発に有用だからと、

「救急で運ばれてくる中に滞在許可証を持たない者がいたら、即刻警察に通報すること」

という新法案が国会に提出されたことがあった。即刻、医師連盟は猛反対。

「苦しむ人は、医療の前にはすべて平等。政治と人の命は別次元。誰もが安心して治療を受ける権利がある」

イタリアでは、生後一カ月以内に税務番号を取得する義務がある。日本のマイナンバーに当たるものだ。出生届出の受付窓口を、市役所は病院に設けている。税務番号が健康保険番号、居住証明番号ともリンクして、管理されつつ守られている。お薬手帳はない。ICを埋め込んだこのカード状の保険証に、全カルテや処方箋の記録、検査の記録が埋め込まれている。かかりつけの医師と専門医を持つ国立病院が連携して、検査専門の機関で検査を行う。オンラインで一括管理されるデータは、患者本人はもちろんのこと、どの国立

医療機関へも転送可能だ。

医療現場での不備や醜聞が取り沙汰されることも多いイタリアだが、医療関係者を貫くのは〈弱者救済〉の精神だ。町が空くと、見えなかったものが目に付くようになる。早朝まだ涼しい時間に、車椅子を押したり肩を貸し腕を取ってくれたりして、ゆっくり広場を歩くのは、独り暮らしの老人とつき添う介助者だ。そしてそのほとんどが、外国人である。イタリアへ合法的に入国する外国人は、職業ごとにまるで仕分けされたかのように、同じ国の人たちが集まって働くことが多い。青果店や生花店はスリランカ人で、ヴェネツィアの飲食業や運搬業はバングラデシュ人、ピッツァ店に限っては圧倒的な占有率でエジプト人であり、建設業はアルバニア人というふうに。

老人の世話役は、東欧人が大半だ。大柄で金髪碧眼《へきがん》の女性が、静かに介助している。住み込みで働く人も多い。イタリアでの身元引き受けと雇用主となり、独り暮らしの老人は自分の面倒を看てもらう代わりに、根無し草のような異国から来た若い人の新しい人生を救う。立場も理由も異なる不運が二つ出合って、相互に力を貸し合っている。

（『Ｗｅｂでも考える人』二〇一八年八月二十四日）

日曜日の注文

イタリアでの毎日は、〈起床〉〈朝食〉〈犬を連れて散歩〉〈バール（でコーヒー）〉〈キオスク〉〈公共市場〉巡りに、〈書店〉へと続く。勤め人ではないので、時間割は思うがままだ。映画や演劇にも行けるものなら行きたいけれど、さすがに午前中から開いているところはない。バールや書店へ行くのは、コーヒーや本だけが目的ではない。映画や芝居を観る代わりに行くのだ。

店の奥に座り、木製の新聞挟みに綴じてあるスポーツ新聞を取ってくる。重大な時事もコンパクトにスポーツ記事の合間にまとめてあり、今日知っておくべきことが一目瞭然で便利だからだ。

斜め読みしながら、カウンターから漏れてくる雑談を拾う。たいていの人は、エスプレッソコーヒー一杯だけ飲むとすぐに店を出ていく。注文して飲み終えるまで、二、三分というところか。知り合いどうしで折り入って話があるときは、バールのカウンターは選ばないだろう。顔馴染みだけれど友人ではない、という緩い関係の人たちが出たり入ったりしている。差し障りのない、数語を交わす。立ち飲みしながらの二、三分間のやりとりは、スポーツ新聞の時事ニュースの扱いと似ている。見出し小見出しに目を通せば、それで十分だ。

ある日、ブランチ時間に広場向こうの小さな店まで行き、本でも読もうかと座った。日曜日。朝には遅く昼には早すぎる時間帯で、客はほかにいない。アルバイトの若いウエイトレスは、紙ナプキンを折ったりカトラリーを紙袋に詰めたりして昼食の準備をしている。昼には、簡単な日替わり定食を出すのだ。

初秋の空は高く、郊外に出かけた人も多いらしい。町は空いている。

カラン、と入り口のガラスドアに付けたカウベルが鳴った。老いた女性が一人で入ってきた。日曜日の昼に、ここで何度か見かけたことがある。

「どうも食欲がなくてねえ」

壁に貼られた〈本日のおすすめ〉を眺めながら、老女はため息を吐いている。

日替わりのパスタや肉、付け合わせの野菜料理と並んで、〈白米〉とある。北イタリアでは米をパスタと同様に食するけれど、食堂のメニューで〈白米〉があるのを見たことがない。

これ、と老女は〈白米〉を指し、

「レモンとオリーブオイルと塩をお願い」

と注文した。茹でた熱々の白米にレモンを絞りエキストラバージン・オリーブオイルを少々混ぜ合わせて食べるのは、食欲がないときや胃腸の調子が悪いときの定番だ。ウエイトレスは少しも怯《ひる》まず、かしこまりました、と元気よく受け厨房に向かって、

「〈白米〉、それから〈本日のおすすめメニュー〉をひとつ、お願いします！」


小さな丸いテーブルにはクロスの代わりに再生紙のナプキンが広げられ、大皿にカジキマグロをケッパーとオリーブの実をトマトで煮合わせたものとルコラのサラダ、ひき肉を詰めたズッキーニのオーブン焼きがたっぷりとよそってある。深皿には、湯気の立つ白米。

六十絡みの店主が老女の横を通りがてら、黙って赤ワインを水用のコップに注いでいった。

「無理よ、こんなにたくさん……」

「欲しいだけ食べてください。残りは包みますから！」

ウエイトレスは慣れた調子でそう言うと、カウンターで接客に回った。

旧市街はここから始まる。事情は百人百様でも、結果は同じ、独り暮らしだ。高齢者だけではない。老若男女、界隈の気さくな食堂には孤食する人が多い。

「誰もいない家で食べたくない日もあるでしょう。階下に、自分の家の台所があると思ってくれればいい」

店主は、高校を出たか出ないかでシチリア島から仕事を探しに北イタリアへやってきた。独りで食卓に着くのが何より辛《つら》かった。

各人の事情に合わせて注文してくれればいい。時間潰しに、座りに入るだけでもどうぞ。ウエイトレスは客の様子を見ながら、注文を受けるふりをして厨房に繋ぐ。

「賄い食をご馳走《ちそう》してくれるついでに、今日は、次のお客が来るまでここに座って私の話を聞いてくれる？」

老女が小さな声で言う。

朝のバールとは違う速度と濃度で、時間が流れている。見出し小見出しではない話が、こぼれ出す……。

日課をひと通りこなして店を出ると、あたりはもうすっかり夕方になっている。

（『Ｗｅｂでも考える人』二〇一八年九月七日）

ヴェネツィアの秘密の花園

数年前から楽しみに待つ約束がある。突然に招待状が来て、ぜひどうぞ、と誘いながら、いつ何時に会いましょう、とは書かれていない。季節が変わるだけで、会う場所はいつも同じ。

〈今月二十五日から二、三日ほど、裏口を開けてお待ちしています〉

ドキリと胸を打つ文面も変わらない。

連絡を受けると、どこにいても万難を排して会いにいく。花に。

ヴェネツィアに暮らしたきっかけは、サン・マルコ広場を対岸に見るジュデッカ島に借家を見つけたからだった。本島はどこも、一年のうち大半が路面も見えないほどの混みようで、普通の暮らしはなかなか大変な状況である。干潟には水上バスが停まる小島がいくつも散在するが、大陸側から着く電車の駅からあまり離れてしまうのも不便で、家探しは難航した。どこへ行くにも、海に点在するヴェネツィアでは船で渡らなければならないからである。

空から見ると魚の形をしているヴェネツィア本島の、ちょうど下腹あたりで停まる水上バスがある。対岸の島の岸沿いを点々と縫いながら再び本島へと向かう路線だ。距離にして長いところで五百メートルほどの幅の運河は船で渡るとものの数分なのだが、水の力はたいしたもので、横たわる運河がヴェネツィアと川向こう、というハレとケ、非日常と日常の線引きをしている。

混沌と魔力に引きずり込まれないように、とヴェネツィア本島を避けて離島ジュデッカに暮らすことに決めたのだった。

引っ越すと、それまでミラノやローマ、トリノなどでは頻繁に会うこともなかったような知人たちが、次々と訪ねてきた。水が寄せてはまた引き返す、というふうに。その中の一人が、庭園を専門とする建築家だった。人嫌いで、話し相手は植物だけ。気難しいのか優しいのか、よくわからない。その彼女から突然、
〈来週から遊びにいってもいいでしょうか〉
と連絡があった。引っ越ししたてだった私は慌てて、彼女の話し相手を探しにヴェネツィアを回った。薄暗く湿気が多いこの町では、バルコニーや室内に観葉植物を置く余地はないのではないか。公園は点在するけれど小さく、墓は別の離島にまとめられて建ち、遠

くから糸杉が見える程度である。生花の露店も週に一度しか市場には立たず、町なかからは数店を残して生花店は姿を消している。

しかし緑を伝ってのヴェネツィア巡りは、思いのほか奥深い歴史探訪となった。せいぜい苔止まりだろう、と水の町の緑を侮っていた私は、次々と現れる秘密の花園に驚いた。路地を曲がり、突き当たってしまい天を仰ぐと、両脇から迫る建物の間から細長い空が見える。そこには必ず木々の梢《こずえ》や蔓、花があるのだった。

「こういう本を出しましてね。ご参考になるかどうか」

大学近くにあるこの書店は、出版も行っている。ヴェネツィアをテーマに、案内や図鑑ものを中心に刊行している。渡された新刊本は書店が企画編集した、『ヴェネツィア庭園案内』だった。ページの中に、外からは窺い知ることのないヴェネツィアがあった。

身元を明かしている庭園主に、〈ぜひ見学させてください〉と、手紙を送った。

送ったその日のうちに返事があった。

〈裏口を開けておきますから、どうぞいらしてください〉

ジュデッカ島の住所が書いてあった。定期船の停留所の前から島の反対側へ抜ける、ごく細い路地である。

裏口を入ると、さまざまな色と香りがわっと鼻先に、目の前に押し寄せた。バラやマーガレット、名を知らない草花がのびのびと生え、花を付けている。蜂が飛ぶ。鬱蒼《うっそう》としているけれど、雑草はなく手入れが行き届いている。時折、頭上をカモメが行くので、ヴェネツィアにいることを思い出すくらいで、まるで大陸側の田舎家を訪れているようだ。

スイス人だという庭園主はもう何十年も前にヴェネツィアにやってきて、紆余曲折を経たあと、今はジュデッカ島の奥で花木と暮らしている。そしてどれかの花が見どころになると、知人たちに連絡する。静かに寄せて、押し付けず、また引いて消えていく。

その日から、季節ごとの約束は続いている。

（『Ｗｅｂでも考える人』二〇一八年十月五日）

沈むヴェネツィア

十月の最終日曜日から、冬時間が始まった。その翌日から十日以上にわたって、イタリア全土が悪天候に見舞われた。アフリカからイタリア半島上空を強風が吹き抜けて、各地で大木が倒れ、大雨による山からの鉄砲水で土砂災害を引き起こした。

ヴェネツィアも例外ではなかった。前日から冠水警報が発令された。保育園から大学まで、すべて休校。繰り返し流れてくる緊急ニュースに心配して電話で見舞うと、

「こんなの、毎度のこと。これがヴェネツィアだからな」

淡々としている。彼は外海に面している離島に住み、近海漁業を営んでいる。代々の稼業で、テレビやラジオの天気予報よりもずっと早く正確に空模様を摑んでいる。

ヴェネツィアに暮らすまでは、町が水に沈むのは、干潟の上に造られた町の構造が時とともに脆弱化し土台ごとズブズブと海底へ向かって沈み始めているからなのだろう、と私は思っていた。地盤の沈下も一因には違いないが、水没の原因は水位の上昇にある。

海の都、と呼ばれることもあるが、ヴェネツィアは外海から大陸側に向かって大きな湾状になった中に建立された町である。内海だ。潮流によりその内海の底に土が運ばれ、堆積し、浅瀬から干潟へ、小島ができる。人工的に他所から土砂を運び入れて埋め立てたのではない。長い年月のあいだには、潮流も風向きも変わる。流れ着き溜まってできた干潟があったように、流れ出して崩れて消失してしまう干潟もある。

ヴェネツィア共和国が繁栄した中世、富裕者や権力者が財を投じたのはヴェネツィア本島内の不動産ではなく、大陸側の耕地だった。船乗りたちは陸のことを〈動じない地（terra ferma）〉と呼ぶ。それには、たとえ土があっても干潟はしょせん干潟に過ぎず、永遠に安定した足元とはならない。踏みしめて当てにできるのは大陸の地だけ、という意味が込められている。

将来の水没を怖《おそ》れて、これまでヴェネツィア人たちは真剣に対策を講じてきたのだろう。

「沈むかも、だって？　それが運命なら、まあ仕方ないだろうね」

内海に堆積しているのは、海が運んできた土砂だけではない。千年を超えるヴェネツィアの人々の暮らしから出た排出物が、積み重なっている。怨恨や悲嘆、堕落、鬱憤、絶望、嫉妬が腐って沈殿し、海底を押し上げて毒を吹き出している。

さて今回は、季節風が居座って高い冠水に見舞われた。不穏な警報サイレンが鳴り響く。

一九六六年の百九十四センチの水位には及ばなかったものの、場所によっては百五十センチを越え、通常ならいったん引いて再び水が押し寄せてくるのだが、今回は水が引かないままさらに上昇した。ヴェネツィアの七五パーセントが水に沈み、サン・マルコ広場をはじめ多くの観光名所が閉鎖される非常事態となった。冠水のときには廊下のように板の台を渡すのだが、今回の水位は台の高さを越えて役に立たない。濁水で敷石も階段も橋すら見えない。どこからどこまでが運河なのか岸なのか、もう見分けがつかない。

日が暮れ、水に呑まれたままヴェネツィアは静まり返った。強い風が吹きすさぶ音だけが聞こえる。路地は、川と化してしまった。風を受けて、白い波頭が立つ。

夜のヴェネツィアは、人間のこれまでの営みの復習のようでもあり、やがて遭う終焉《しゅうえん》の予習のようでもある。

（『Ｗｅｂでも考える人』二〇一八年十一月十六日）

病院の中の図書館

冬のヴェネツィアを歩き回って沈む気持ちを持て余し、馴染みの古書店へ立ち寄った。いつもの通り客のまばらな静かな店内で、店主は買取りしたばかりの本を手際よく仕分けしているところだ。専門出版社から在庫を引き取ってきたらしい。新刊のままセロハン紙で密閉された大型の美術全集の背表紙が、ダンボール箱の中に並んでいる。

「ああ、そうそう」

ふいに店主が手を止めた。

「一度ぜひ、保健所へ行ってみるといいですよ」

ヴェネツィアの保健所は、聖ジョヴァンニ・パオロ聖堂の中にある。本島の北側に建つ荘厳な教会だ。サン・マルコ広場からも近く、ヴェネツィアを巡り観るときには必ずその前を通る道沿いにある。菓子店やバールが並ぶ広場を前にして建つが、少々離れたくらいでは全景をひと目では見渡せないほど巨大だ。

繋がって建つ聖堂詣でをする人は多いが、正面玄関の向こうが保健所になっていると知る観光客は少ないだろう。

保健所の奥は、市立病院へと繫がっている。

店主は、インフルエンザの予防接種を勧めたのではなかった。

「建物内に、図書館がありましてね……」

店主が言いかけた説明を引き継ぐように、それまで熱心に新着の図録を繰っていた中年の男性が急に顔を上げて、

「ぜひ見学してきてください。僕も保健所へ行くたびに、必ず図書館へ寄るのです」

その人は離島で看護師をしている、という。

病院内の図書館、か。それほど珍しいことでもないだろうに、と思ったが、古書店の店主は、私が調べものや考えに行き詰まると適宜、助け舟を出してくれるのだ。行ってみよう。


観光客でごった返す前に、朝八時頃に聖堂へ行く。いや、保健所へ行く。日が出てまだ間もなくバールも閉まっているため、広場にはほとんど人影がない。靄《もや》がかかっている。ハトがちらほら。

開いた正面玄関に立つ警備官に図書館の場所を尋ねると、怪訝《けげん》な顔をしてから、

「ああ、博物館のことですね」

玄関脇にある入り口を指した。

入り口をくぐるとすぐ、高い天井の下にまっすぐ上へ延びる階段があった。まるで天国への入り口のようだ。何せヴェネツィアという町は、すべてが重厚だ。敷石ひとつ、屋根瓦一枚、窓のガラスのどれもに歴史が凝縮している。簡単にやり過ごせるようなものがない。目の前の階段もそうだった。

一段上るごとに、ずしりと厳かな気配に包まれる。息を切らしながらやっと最後の段を終え、踊り場を折れて〈図書館〉へ入った。

……！

ヴェネツィアの壮厳さは見慣れていたつもりだったが、息を呑んだ。

階下の玄関前の広間と同じ大きさで、仕切りも柱もない高い天井の空間が広がっていた。天井には金色を主にした装飾画が描かれている。奥行きの目安となる壁も柱もないため、いったいどれだけ広いのかつかめない。そういう大広間に一堂に会しているのは、世界からの貴賓ではない。ヴェネツィアが罹ってきた病い、それと闘ってきた医療、そして祈りが黙して並んでいる。

中央に長いガラスの陳列台が並ぶ。時代ごとの医学書の大型の写本が展示され、ところどころ症状やその治療法が色付きの図で解説されたページが開いてある。

陳列台を見ながら一歩進むにつれて、科学が前進する。茶色に変色した医学書は、理論よりも医師への手引書に近い。さすが美術史に残る作家を輩出した町だけあって、恐ろしい病気の図説も、見舞われた不運に立ち向かうところの図、という崇高な感じがある。

修復中のため一般公開はされていなかったが、彩画を施した写本や古い医療器具の展示広間の奥に、植物学や哲学などの古書を集めた図書館があるのだった。

陳列されているのが主に実務に焦点を合わせた書籍だとすれば、奥の図書館には人の苦しみに寄り添った人たちの、そして辛い思いをした当事者の、精神を導く書が集められているように感じた。

ヨーロッパの玄関役を担ったヴェネツィアには、外界から新しいものが寄せてきた。よいものもあれば、害もあった。苦痛を知る町は、安泰を何より望んだ地でもある。

聖堂の中に病院があり、その中に知の殿堂がある。

そういえば長らくイタリアでは、看護師は修道女にのみ開かれた職務だったことを思い出す。


（『Ｗｅｂでも考える人』二〇一八年十一月二十日）

聖なる眺め

十数年前、イタリアに初めての緩和治療専門病棟ができた。ミラノの北部にある小さな町の、歴史ある大きな病院の一部が充てられた。濃い赤茶色の古い煉瓦《れんが》でできた壁が落ち着いた雰囲気で、外壁沿いには高い木立が見えた。訪れたのは真冬だったが木々の深い緑に、オー・ヘンリーの『最後の一葉《ひとは》』を思った。

正面玄関から入り、受付を通ると後ろに小さな広場のような円形のロビーがあり、そこから放射状に廊下が各病棟へと延びていた。廊下は建物の内側と外側のそれぞれに沿っていて、病棟から病棟へと繋がる部分だけ屋根付きの渡り廊下に変わり、両側から窓の中に中庭や通りの木立を見ながら歩いた。渡り廊下だけ板敷きになっているので、通りかかると歩く調子が変わり、足元に床板が軋《きし》むのを聞いて歩いた。

総合病院なので、さまざまな症状を診て、検査して、治療し、看守っていた。

緩和治療の病棟は、長い廊下の終点近くにあった。敷地内で一番日当たりがよく静かで、病棟への入り口の天井がとても高かったのを今でもよく思い出す。明るい空色に塗られた円蓋の下を通り抜けるとき、頭上の窓からさんさんと陽光が差し込み足元を照らした。

病院の正面玄関と一番奥の病棟、そしていくつかあるバールを行ったり来たりするうちに、深刻な症状と向き合う関係者が通る廊下は他の病棟と交差したり重なったりしないように設計されている、ということに気がついた。黙って廊下を歩くうちに、これから訪れる先、今別れてきた背後のことを思ったり、頭の中を空っぽにしたりした。廊下が長いのには、理由があるのだった。


現在、ヴェネツィアの聖ジョヴァンニ・パオロ聖堂は、その両翼に、保健所と古書を集めた図書館を含む博物館を内包している。正面玄関を入ると、高天井の下に広い廊下が続き、市民病院のある棟に入る。厳かな壁画はルネサンス前に描かれたもので、神なるものへの讃歌である。数百年前の石壁と床、高い天井に灯る薄い照明の下を歩いていくうちに、次第に厳かな気分になってくる。検査や診療のために訪れる人たちは、どのような気持ちでここを歩くのだろう。

検査棟に続いて、各科の専門病棟が続く。中庭を四辺で囲んだ、上から見れば額縁のような構造が五枠、運河に沿って並んでいる。運河は救急棟への搬送口と夜間の出入り口になっている。ヴェネツィアの交通機関は、船だけだ。急患も救急船で運ばれてくる。最短時間で出航し、あるいは岸に着いて搬送するために最適な間隔で、救急船の係留杭が打たれている。船は細い水路でも小回りよく走れるように小型だが、船腹は幅広で安定している。速度を出せるよう、鋭い舳先《へさき》を内海側に向けて係留している。病院専用の運河なのだ。前後左右に、救急船の航路を阻む一艘の舟もない。

薄暗い院内から、トンネルのような廊下の先に緑色の運河の水面が光って見える。内海側に抜けると、病棟最後部の正面にサン・ミケーレ島が対している。墓の島である。重篤な患者の病棟は、なんとこの最端部にあるのだった。窓から見えるのは、広くて波の立たない内海と常緑の糸杉に覆われた霊園である。異国で命を絶った聖マルコが大理石の棺に入って流れ着いたと伝承されるブラーノ島は、その内海の先にある。

ヴェネツィアが始まって終わる、という風景がその窓の中にある。

（『Ｗｅｂでも考える人』二〇一八年十二月十四日）

おぅ、何してるんだ？

うららかな午前九時過ぎのミラノ。例年と違ってずいぶんと寒が緩み、もう春が来たような朝だ。用はないけれど、平日の大通りをゆっくり歩くことにした。まっすぐ行き、飽きたらまた戻ってこよう。

見慣れた商店街はクリスマス商戦から年明けのバーゲンを経て、商いと季節の端境にひと息吐いているところだ。ショーウインドウに春物を一応並べてみたものの、これからが冬本番である。商品棚は、半分明るくて半分どんよりしている。

私の少し前を夫婦が並んで歩く。七十歳前後というところだろうか。この先の公園に週に一度立つ青空市場に行くのだろう。夫は買い物用のキャリーバッグを引き、妻はその腕ごと引っ張るようにしてずんずんと歩いていく。ショーウインドウには見向きもしない。

腕を取られた夫が、前からゆっくり歩いてくる同年輩の男性に向かって、親しげに手を振り、

「おう、何してるんだ?」

久しぶり、でもなければ、おはよう、でもない。知人はいきなりかけられた声にすかさず、

「あんたと同じことをしてるんだよ」

お互いに同様の身の上じゃないか、わざわざ訊くまでもないだろ、という感じ。

妻はお愛想笑いしただけで、すぐさま夫の腕をぐいとつかみ直して前へ進めと無言で催促している。

ぶらぶら歩いてきた知人はそのまま、またな、というふうに目と口角をくいっと上げて、これといった世間話もせずにすれ違っていった。

男性二人は、年金生活者である。


広場に面したバールに入る。早朝から入ってくる人ごとに、エスプレッソマシーンが勢いよく蒸気を噴き出している。カップが触れ合う音、無言で飲み干して出ていく通勤や通学途中の人たちの足音で騒がしかった店は、九時を過ぎるとゆったりとしてくる。

入店した客がカウンターに着き注文を告げる前に、

「白ですか。それともお印を付けましょうか」

若いバールマンが尋ねている。客は慣れた様子で、親指を下に向けて振ってみせる。

かしこまりました。

すかさずカウンターの上にワイングラスを置いて大瓶から白ワインをたっぷりと注ぎ、上からルビー色の甘いリキュールを加えた。カラカラカラ……。攪拌《かくはん》されてピンクに染まったワイン入りのグラスが、カウンターの上を滑る。

目を細めて客はグラスを携え、店の奥の席へ着く。同年輩の、似たようなダウンジャケットを着込み毛糸の帽子を被った男性たちが、五月雨《さみだれ》式に二人、三人と店に入ってくる。各人各様にピンク色の濃さが異なるワイン入りグラスを持って、奥の席に集まる。

面子が揃ったところでバールマンが、ピーナッツやひと口サイズに切ったフォカッチャやポテトチップスを盛った小鉢を年金族の輪の真ん中に置く。やっと朝の十時を回ったところだ。

一杯が二杯に、二杯が三杯くらいになったところで、「また明日な!」。

その輪には加わらず、隣のテーブルでバールに備え付けの新聞数紙を積み、順々に読んでいる老人がいる。痩せたのか、首回りがぶかぶかの綿シャツは、プレスし立てだ。襟回りの隙間にスカーフを巻き、火の消えた空パイプを口の端で噛んでいる。彼が新聞から目を上げる瞬間をバールマンは見逃さない。

「コーヒー、お代わりですね」

そう言いながら親指でコーヒーカップを指しながら、〈入れますか?〉と尋ねている。

グラッパでエスプレッソコーヒーを割るのか、と訊いているのだ。朝から、アルコール度数四十度で五臓六腑《ごぞうろっぷ》に火が点く。

ガラス越しに差し込む冬の長い陽を背に受けて、じっと目を閉じている老人がいる。その後ろのテーブルでは、朝からカードゲームに興じる熟年の男性たちがいる。

もう朝ではないが昼にはまだ早い平日のこの時間帯の町のあちこちに、周囲とは速度の異なる時間を過ごしている人々がいる。

（『Ｗｅｂでも考える人』二〇一九年一月二十五日）

いつでもまた会える

三月三十一日で今年の冬はおしまい。時計が一時間進んで、夏を待つ。

また冷たい雨が降る日もあるけれど、黒い針金に見えた街路樹の枝がみるみる丸みを帯び、焦げ茶色に緩み始める。路上の花売りは、色鉛筆の蓋を開けたよう。つい数日前までは、ジャガイモやカボチャ、キャベツなどで寒々しかった青果店の店先が、今日は摘みたての菜の花やイチゴで華々しい。

いつの間にか青空市場の露店主たちの多くが、南米やインドからの移民へと代わっている。店主たちは大玉の葉野菜を次々と手に取っては、外側の葉を威勢よくちぎって店の裏の木箱へ投げ入れていく。露店が引き揚げたあと、買い物用キャリーを引いてやってくる生活困窮者たちがいる。異国から移住してきた店主たちも、苦労してきた。民族主義が強まるイタリアで、自分たちの明日はどうなるだろう。他人事ではない。傷んだ葉を払い落とすふりをしながら、店主たちは新鮮な野菜を丸ごと放り込んでいる。

「甘いよ〜！　チョコレートみたいだよ〜！」

皮を剝《む》いたオレンジが鼻下に差し出される。ひと口で、シチリアの柑橘類の農園に記憶が飛ぶ。甘いオレンジの味から、深い皺の奥で笑う老農夫の目へ。その碧眼《へきがん》から、丸々とした手がフライパンの上でニンニクを手慣れた様子で切り分け炒める台所に。ジュウッ。

「炒め始めのナスはなかなか油を吸ってくれないけれど、いったん吐き出し始めたらもうこちらのものよ」

ざく切りの濃紺のナスの横で、パッケリ（ショートパスタの一種。太いマカロニ状のもの）を放り込んだ大鍋からもうもうと湯気が立つ。遠くに潮の香り。点けっぱなしのラジオから、「ロザリオの祈り」が流れている。バサバサ、バサリ。朝干したシーツが、すっかり乾いて海風を受け翻っている。昼二時を回る頃、玄関の呼び鈴が何度も鳴って、テーブルには三十人ほどが着き、パンをちぎったり、ワインを飲んだり、椅子を動かしたり、笑ったり。

ナスとツナが具のソースにも、メインで並んだトマト仕立ての煮込み肉も、塩に代わって味をまとめるのはアンチョビだ。

「アラブから伝わった習慣らしいけど」

海の滋味で締めた陸の食材を嚙むと、アラブがじわりと滲み出てくる。

舌の上で味の極が交ざり、北アフリカのカスバに飛んだ。進めど進めど、出口の見えない路地。歩くほどに、迷都のさらに奥へ引き込まれていく。高い窓もないレンガ色の壁を伝って歩いていると、埃を巻き上げながら乾いた風が脇を吹き抜けていく。くすんだ緑色のカフタンをまとった後ろ姿。青年なのか、若い女性なのか……。

数年前、山村の古本市で知り合ったロベルタに呼ばれて、彼女の家でおしゃべりをしている。道すがら出合った色や香り、音や味の話をし、彼女にも特別な旅へと旅立たせるような味や匂いがあるかどうか尋ねてみた。

ロベルタは九十歳近い年齢で、小学生のときにナチの強制収容所への送還から逃れたユダヤ人だ。順々に周囲の人たちが、わけもわからずに連行されていく。ある日母親はロベルタの髪を短く刈り上げ、ぎゅっと抱きしめたあと、

「逃げるのよ。きっと生きて、また会いましょう」

長らく住込みで家事手伝いをしていた女性に、幼い一人娘を託した。

〈この先いったい自分はどうなるのだろう〉

十歳になったかならないか。父親は外地で捕まったと聞いた。生死も知れない。親族は全員、強制収容所へ連れていかれてしまった。

「別れ際に持たされたのです」

ロベルタは、壁から大切そうに額を外した。中には、本が収まっている。

『ピーターパン』

角は擦《す》れて丸くなり、朽ちて色を失った表紙は擦れると崩れ落ちてしまいそうだ。

地下壕の中で逃げる道中で、繰り返し読み、暗記し、それでもページを繰《く》っては低い声で朗読した。

ロベルタはそうっと顔を古びた本に埋めるようにし、目を閉じて胸いっぱいに古い紙の匂いを吸い込んだ。

いつでもどこでも胸を開いて、美しい場所へ連れていってくれる。

「本は、母親でした」


（『Ｗｅｂでも考える人』二〇一九年三月二十二日）

あとがきに代えて

イタリアで暮らしてきた。通勤する先を持たず、イタリア各地でニュース素材を探して、日本のマスコミへ配信するのが仕事だった。

朝起きたらまず外へ。初めての町でも通い慣れたところでも、一番近くのバールへ行く。たいていキオスクが近くにあったり併設されていて、新聞や雑誌を買い込む。各紙、政治的な肩入れが論調に顕著だ。今日は左へ明日は右に、とアイススケートを滑る気分で毎日購読紙を替えて目を通す。移動先では、その土地の地方紙や地場産業の業界紙を探す。どの新聞も一面トップ記事は揃って同じでも、二番手のニュースあたりからばらつきが出る。地元のサッカーチームが勝てば、翌日の一面にはゴールの瞬間がカラーで掲載される。国際面や経済面は斜め読みし、地域面の訃報、求人や借家や売り家の広告、人生相談や読者の投稿、上映中の映画や芝居やコンサート、村祭りをチェックする。

読書をしない人が多いイタリアなのに、ほとんどの新聞が週に一度、別売で書籍特集を出す。新刊紹介や既刊の売り上げランキングの他に、週ごとに「学校」や「料理」「現代美術」「宇宙」「公衆衛生」「友情」などカバーストーリーのようにテーマを立てて、評論や現状のルポ、参考文献や研究機関の一覧が載る。書籍特集は数十ページに及ぶ。数百円足せば、ペーパーバックが一冊付いてくる週もある。古典だったり新人作家のイタリア語訳だったり。

そういう紙束を脇に抱えて、バールの奥のテーブルに着く。

早朝の店内は、出勤や登校前の人たちで立て込んでいる。馴染みの客たちは、注文も告げない。カウンターに近づくと出てくる「いつもの」エスプレッソコーヒーをひと息で空け、早々に出ていく。時間帯ごとに、客の顔ぶれは決まっている。名前も素性も知らないけれど見慣れた顔に今朝も会い、目礼し合って、同じコーヒーを飲む。

バールの前に建つ公営市場の朝は早い。精肉、加工肉、乳製品やパン、生花、青果や乾物など、食材ごとの露店が集まっている。バールでピンク色のスポーツ新聞を広げて市場の始まりを待っているのは、だいたいが精肉店や加工肉の店主だ。ただのサッカーマニアと侮ってはならない。地元の少年サッカーチームのまとめ役を担う人もいて、隠れた天才少年プレイヤーを見つけ出したりするからだ。

早朝のバールで、イタリアの喜怒哀楽を見聞きする。新聞や雑誌に載る頃には、暮らしはもう先へ行っている。

「企画を三本をものにするために、千本分のネタを用意すること。まず現場へ」

報道の仕事を始めた頃、先輩から言われた。世情は、市井の人々の心情が積み重なって成る。バールで、公園で、電車内で。ふと耳にした話や目に留まった情景が、いつまでも頭から離れないことがある。たいしたやりとりをしたわけではないのに、忘れられない人がいる。なぜなのかは、追いかけてみなければわからない。

とりあえず行ってみよう。

四十年を超えたイタリアでの暮らしには、明確な目的や予定、計画はなかった。先の保証を気にしない性格が幸いしたのか、思う存分の自由を手にして、行きたいときに発ち、気になる人と過ごして、勘を頼りに知らない地を巡る贅沢《ぜいたく》を味わってきた。

できるだけ行きにくいところを目指し、知られていない光景を探し出す。今までも、そしてこれからもイタリアを訪れることはないだろう人へ、自分が代わりにとびきりの眺めを切り取ってくる。その場にいっしょにいるかのように、音や匂い、木陰や日向《ひなた》の温もりを感じてもらえるように伝えよう。そういう報道もあっていいのではないか、と思いながら働いてきた。

そして二〇二〇年の初春、新型コロナウイルスの感染拡大が始まった。

まず行ってみる、が私の信条だったのに、気安く外出ができなくなった。普通の人たちとのやりとりが糧だったのに、道やバール、駅ですれ違うことができなくなった。二メートル以上離れていては、密やかな話はできないし噂話で高らかに笑えない。人々は、離れていても聞こえる大きな声で、隙のない正論や必要不可欠なことだけを話し始めた。あるいは、何も言わなくなってしまった。物言う眼差《まなざ》しや言い淀《よど》んで吐いたため息、あんぐり開けた口は、人間関係を助ける緩衝材のような役割を担っていたのに、コロナはそうした言葉にならない行間の妙味を奪ってしまった。

ビデオ通話では人と話せても、近寄って耳打ちはできない。そっと背に手を回して撫《な》でることもできない。赤ちゃんの匂いを胸いっぱいに吸い込みたいのに、叶わない。

私の暮らしから、よく知っていたはずのイタリアの色や音、匂いが消えていった。

足止めを食っている日本で、日々インスタント写真を撮っている。修正できない紙の画像のほうが、ありのままを写し出すような気がするからだ。自室の窓からの眺め。コンピューターのキーボード。庭の草木。やってくる鳥。動けない毎日では、被写体も代わり映えしない。周囲を観ているつもりが、実は時間も好奇心も止まってしまった自分の内面の記録になっているのだろうか。

何も起こらない日々を撮った写真のあいだから不意に、置き去りにしたあの時間や呟き、花の香りが少しずつこぼれ出てくる。伝えそびれていたことを言いにきてくれるようだ。

これまで現場で見聞きした今を伝えようとしてきた自分も、もう潮時なのだ。コロナがなければ気づかなかっただろう。行動を規制され、現場へは向かえずに記憶の底を巡った。連載ごとに、浮き上がってきたイタリアが順々に並んだ。

ファインダーは、自分の心の内をのぞく窓なのかもしれない。

内田洋子

二〇二三年一月　日本にて

初出

『せとうち暮らし』（株式会社瀬戸内人）二〇一六年七月

『日本経済新聞』「プロムナード」二〇二一年七月一日〜十二月二十三日

『読売新聞』二〇二〇年四月七日

『朝日新聞』二〇二〇年八月八日

『日本経済新聞』二〇二一年二月十四日

『朝日新聞』「あれから何処へ」二〇二三年二月五日〜二月二十六日

『Webでも考える人』（新潮社）二〇一六年四月十二日〜二〇一九年三月二十二日

内田洋子　Yoko Uchida

一九五九年、兵庫県神戸市生まれ。東京外国語大学イタリア語学科卒業。通信社ウーノアソシエイツ代表。欧州と日本間でマスメディア向けの情報を配信。二〇一一年、『ジーノの家　イタリア10景』（文藝春秋）で日本エッセイスト・クラブ賞、講談社エッセイ賞をダブル受賞。他の著書に、『カテリーナの旅支度　イタリア　二十の追想』『どうしようもないのに、好き　イタリア15の恋愛物語』『対岸のヴェネツィア』（集英社文庫）、『ミラノの太陽、シチリアの月』『ボローニャの吐息』『海をゆくイタリア』（小学館文庫）、『皿の中に、イタリア』（講談社文庫）、『イタリア発イタリア着』（朝日文庫）、『ロベルトからの手紙』『モンテレッジォ　小さな村の旅する本屋の物語』（文春文庫）、『十二章のイタリア』（創元ライブラリ）、『デカメロン２０２０』（方丈社）など多数。訳書に『パパの電話を待ちながら』『緑の髪のパオリーノ』『キーウの月』（ジャンニ・ロダーリ著　講談社文庫）など。二〇一九年、ウンベルト・アニェッリ記念　最優秀ジャーナリスト賞を、二〇二〇年、イタリアの書店員が選ぶ文学賞第六十八回露天商賞授賞式にて、外国人として初めて〈金の籠賞〉を受賞。

イタリア暮らし

二〇二三年二月二八日　第一刷発行
二〇二三年四月二三日　第二刷発行

著者　内田洋子《うちだようこ》

発行者　岩瀬　朗

発行所　株式会社　集英社インターナショナル
〒一〇一―〇〇六四　東京都千代田区神田猿楽町一―五―一八
電話　〇三―五二一一―二六三〇

発売所　株式会社 集英社
〒一〇一―八〇五〇　東京都千代田区一ツ橋二―五―一〇
電話　〇三―三二三〇―六〇八〇（読者係）
〇三―三二三〇―六三九三（販売部）書店専用

印刷所　大日本印刷株式会社

製本所　株式会社ブックアート

 ISBN978-4-7976-7426-2　C0095